LA NOUVELLE ViE D'APRiL-MAY

Pour Ida Bell et tous les professeurs qui lui ressemblent

Illustration de couverture : Vera Brosgol

Ouvrage initialement publié en 2010 par Penguin South Africa (Afrique du Sud)
sous le titre *Melly, Mrs Ho and me,*
puis en 2013 par Hot Key Books Limited (Grande-Bretagne)
sous le titre *A month with April-May*

18 rue Barbès, 92128 Montrouge
ISBN : 978-2-7470-4887-3
Dépôt légal : mai 2015
Deuxième édition

Loi 49-956 du 16 juillet 1949 sur les publications destinées à la jeunesse.

Edyth Bulbring

LA NOUVELLE VIE D'APRIL-MAY

Traduit de l'anglais (Afrique du Sud)
par Pascale Jusforgues

bayard

L'expérience m'a appris qu'il existe deux catégories de professeurs en ce bas monde.

Dans le premier groupe on trouve ceux qui ont du mal à se lever le matin pour aller en classe. Quand ils réussissent à s'extraire de leur lit, ils ne sont pas fichus d'assurer les cours et ils te laissent faire tout ce que tu veux. Ils ne connaissent pas ton nom et ne se pointent jamais aux réunions parents-profs. Ceux-là, c'est les meilleurs. Je les gère sans problème.

Dans le second groupe, il y a les profs qu'on n'a vraiment pas envie d'avoir. Ils te donnent des tonnes de devoirs et s'attendent à ce que tu fasses des trucs genre « recherches approfondies ». Ils veulent que tu t'instruises. Et que tu aimes ça. Ils te posent toujours des questions stupides et se mêlent de ta vie personnelle. Mme Ho fait partie de ceux-là. Aussitôt que je l'ai vue, j'ai compris que ce serait elle ou moi. Une de nous deux allait devoir dégager.

1

Je me suis doutée que Mme Ho allait me causer des ennuis dès mon premier jour à Trinity College. Je ne connaissais pas encore son nom, mais des comme elles, j'en avais croisé pas mal : coincée, autoritaire, déjà au taquet avant la fin de la première sonnerie.

J'erre dans le couloir à la recherche de ma salle de cours – vu que j'ai débarqué dans cette école il y a dix minutes, je suis totalement perdue. Et, là, elle me crie dessus. Hyper fort. Comme si j'étais sourde.

– Qu'est-ce que c'est que ça ?

Elle attrape mon sac et le secoue dans tous les sens. Un tas de trucs s'envolent, y compris mes petits pains au salami, qui atterrissent en plein dans le passage.

J'ai envie de lui répondre que c'est mon sac de classe, mais je suis à quatre pattes, en train d'essayer de ramasser mes affaires et d'échapper aux ricanements de trois garçons qui regardent mes petits pains comme si c'était des grenades introduites en douce dans l'établissement...

– Bleu.

Elle agite mon sac...

– Pas rouge et violet !

Elle lorgne le tissu bariolé avec dégoût...

– Bleu marine. C'est le règlement de l'école. Que je ne te voie plus avec cette chose !

Elle jette mon sac par terre et s'apprête à repartir... quand elle avise soudain mes jambes. À voir sa mine, on dirait que j'ai été amputée au niveau des genoux. Comme Oscar Pistorius, le champion paralympique – sauf que je ne suis pas équipée de ces super lames qui pourraient me rapporter une médaille d'or et m'aider à fuir cette prof par la même occasion...

– Debout !

Je me relève. Elle braque son regard sur mes chaussettes à rayures vertes et blanches...

– Tu te crois au cirque ?

Je secoue la tête. Bien sûr que non. Je sais très bien où je suis : au collège...

– Retire ça immédiatement !

Elle pointe l'index sur mes chaussettes.

J'enlève mes chaussures, mes chaussettes, et je remets mes chaussures. Tant que je n'aurai pas les chaussettes bleu marine réglementaires, je resterai pieds nus dans mes chaussures. Voilà ce qu'elle me dit avant de s'éloigner à grands pas. Je reste assise dans le couloir, rêvant de l'étouffer avec le salami qui s'est échappé du pain et a roulé dans un coin.

Cette prof va me donner du fil à retordre. Il y a des signes qui ne trompent pas. Je la place tout en haut de ma liste noire.

Finalement je trouve la salle. J'entre en boitillant et j'hérite d'une table au fond, à côté de la débile de service qui respire par la bouche. Elle s'appelle Melanie et fait tout son possible pour que je me sente la bienvenue. Elle me souffle en pleine face son haleine à l'œuf dur du petit déjeuner et chuchote qu'elle est super contente d'avoir enfin une voisine de bureau. L'année dernière elle était toute seule. Tu m'étonnes !

Ce siège à côté de Melanie, au fond de la classe, sera donc mon nid tout au long de cette année de 4ᵉ à Trinity College. J'ai dit collège ? Non : prison. Trois étages de murs rouge sang rongés par du lierre, le tout dominé par une tour d'horloge qui, de son gros œil rond, surveille les élèves dans la cour et égrène les heures de leur captivité.

Doudou m'a prévenue : j'ai intérêt à avoir de bons résultats et à donner le meilleur de moi-même, sinon il me renverra chez ma mère.

Doudou, c'est mon père. On n'est que tous les deux. Avant on était trois, mais l'année dernière maman et Doudou ont décidé qu'ils ne pouvaient plus se voir en peinture, alors ils se sont séparés. Comme ils ne pouvaient pas me couper en deux, c'est Doudou qui a obtenu ma garde. Je ne sais pas lequel des deux a fait la meilleure affaire.

Melanie est déléguée de classe. Elle me remet les manuels scolaires, quelques fournitures, et me précise que tous les livres doivent être recouverts de papier kraft et de plastique transparent, conformément au règlement de Trinity College.

Elle m'informe aussi que notre professeur principal est un certain M. Goosen, mais que tout le monde le surnomme « Ledoigt ». Je comprends pourquoi quand il entre en salle de cours et commence l'appel. Chaque fois qu'il nomme un élève, il lève les yeux et pointe un doigt sur l'élève en question, histoire de vérifier si la voix et le visage correspondent bien au nom qu'il vient de lire. Comme il n'a plus d'index, il dégaine son majeur.

Ledoigt arrive à la fin de la liste et désigne Melanie. Non, erreur : c'est à moi qu'il fait un doigt...

– April-May February ?

Oui, c'est moi.

De tous les gens que je rêve d'empoisonner avec un plat de salmonelle, Doudou et maman arrivent de loin en tête. M. et Mme February auraient mieux fait de se quitter le jour de ma naissance, vu qu'ils n'ont même pas réussi à se mettre d'accord sur mon prénom. Doudou estimait que le mois d'avril était le plus beau mois de l'année. Maman préférait le mois de mai. Du coup, je suis un calendrier ambulant.

Le majeur en suspens, Ledoigt répète mon nom. Je me lève et je le regarde fixement.

Je lui dis :

– On m'appelle Bella.

Puis je hoche la tête de manière encourageante tout en croisant les doigts dans mon dos. En ce moment, je suis plongée dans un roman de canines qui déchire : *Fascination*, le premier volume de *Twilight*, de Stephenie Meyer. Je trouve que le prénom Bella m'irait bien. Si j'étais un garçon, je choisirais Edward.

Ledoigt acquiesce et baisse son majeur...

– Une nouvelle élève ! Que tout le monde applaudisse pour souhaiter la bienvenue à April-May February dans notre école.

De toute évidence, cet homme est un peu bouché.

La classe claque mollement des mains. Ensuite Ledoigt nous annonce qu'il a des choses urgentes à régler et qu'on n'a qu'à apprendre seuls ce qu'il est censé nous enseigner. À savoir l'histoire. On doit lire les deux premiers chapitres du livre, puis en discuter entre nous. Calmement.

Melanie me dit qu'en plus d'être prof d'histoire, Ledoigt est principal adjoint, et ce depuis la construction de l'arche de Noé. Il s'accrochera sans doute à son poste jusqu'à ses cent ans, après quoi il touchera sa retraite et ouvrira un Bed & Breakfast à Clarens, un village près de Bethléem (pas celui du Moyen-Orient, celui qui se trouve ici, en Afrique du Sud).

Je passe les deux heures suivantes à lire *Fascination* pendant que le reste de la classe s'envoie des textos.

Moi, je n'ai pas de portable. Je dois être la seule ado non connectée de Jozi[1]. Oh, avec Melanie, qui me dit que son téléphone est tombé dans la piscine hier. Je lui réponds que les portables sont la monomanie des médiocres et que j'attends le nouveau BlueBerry. Melanie a l'air intéressée. Son père a un BlackBerry.

Oui, bon, BlueBerry, BlackBerry, quelle différence ? Melanie m'assure que c'est du pareil au même. Elle commence à se peindre les ongles avec du Tipp-Ex, puis se les gratte avec un trombone. J'ai l'impression que ma table est couverte de pellicules.

Ledoigt revient quelques minutes avant la fin des deux heures de cours afin de s'assurer que personne n'en a profité pour sécher. Il nous demande de lire la fin de la leçon à la maison et de réfléchir au sens de l'histoire, tout ça. Apparemment il est à ranger dans le premier groupe (catégorie des profs inutiles). Celui-là, je le garde.

Ensuite on a cours d'anglais. Traite-moi de bouffonne ou de Bella-la-Barbante, mais l'anglais, c'est ma matière préférée. Les autres sont bonnes à jeter aux orties.

Melanie m'annonce que Mlle Morape, notre prof d'anglais, est toute mignonne et qu'elle adore Stephenie Meyer. Aucun doute : Mlle Morape va m'adorer moi aussi. Elle va m'adorer et me laisser lire *Fascination* en paix.

Je commence à douter de ma nouvelle meilleure amie quand Mlle Morape entre dans la classe. Elle ne

---

1. Johannesburg, la plus grande ville d'Afrique du Sud.

correspond absolument pas à la description. Elle n'a rien de mignon et ça m'étonnerait qu'elle aime Stephenie Meyer. C'est elle qui figure en numéro 1 sur ma liste noire. Celle qui a banni mon sac multicolore. Celle qui est responsable de mes dizaines d'ampoules à force de marcher pieds nus dans mes chaussures...

– Ho-ho, chuchote Melanie.

Je me penche vers elle et, le nez prudemment abrité derrière ma main, je l'écoute me souffler que la femme qui se tient devant nous s'appelle Mme Ho. Elle remplace Mlle Morape, qui sera absente pendant deux semaines pour cause de formation pédagogique. Décidément, cette Mlle Morape me plaît bien. Elle me manque déjà.

Mme Ho a une face de matriochka, ces poupées russes qui s'emboîtent les unes dans les autres. Ses yeux, on dirait des têtards. Ils se mettent à luire et à lancer des éclairs de fanatique quand elle nous ordonne de sortir nos Shakespeare – ce trimestre, on étudie *Roméo et Juliette*. Très peu pour moi. Je continue à lire *Fascination*. Je l'ai emprunté hier à la bibliothèque et depuis, impossible de le lâcher. Hier soir j'ai lu jusqu'à minuit, et puis Doudou est entré en disant : « Extinction des feux, demain c'est ton premier jour dans ta nouvelle école, si tu n'as pas tes huit heures de sommeil tu ne pourras pas donner le meilleur de toi-même. »

Du coup, je suis allée lire dans la salle de bains, enveloppée dans ma couette au fond de la baignoire. Comme le robinet d'eau froide fuit, l'eau me tombait goutte à goutte sur les pieds, mais je ne m'en suis même pas rendu compte. Au bout d'une heure, Doudou a cogné à la porte en grondant : « S'il te plaît, April, arrête de monopoliser la salle de bains, s'il te plaît. Et arrête de lire ce bouquin, tu es complètement accro. »

Bonjour, je m'appelle April-May et je suis accro à Twilight.

Bonjour, April-May !

Quand ce livre est arrivé en tête des meilleures ventes, j'ai essayé de résister, mais j'ai fini par craquer, comme un milliard d'ados à travers le monde. Je suis une droguée.

Bienvenue au club des Adorateurs Anonymes de Stephenie Meyer, April-May !

J'ai besoin d'aide. Dès que j'aurai fini Fascination, *je sais que je me précipiterai sur* Tentation, *le deuxième tome de* Twilight, *sinon je serai en manque.*

Je dévore *Fascination* pendant que les autres lisent *Roméo et Juliette*. Le temps passe et je ne m'aperçois même pas que Mme Ho écrit au tableau. Je ne l'entends pas marcher de long en large en lisant Shakespeare à voix haute tandis que les fayots prennent des notes dans leur cahier.

Edward le vampire se penche sur Bella et ce baiser glacial me fait mourir d'envie. Je lève la tête et sens ses lèvres froides se rapprocher des miennes. Je ferme les yeux. Je murmure :

– Embrasse-moi, Edward.

Quand je rouvre les yeux, qui vois-je ? Mme Ho.

FAIT AUTHENTIQUE
N° 1

Dans certains pays, il est interdit de donner des prénoms ridicules à ses enfants. Par exemple « 6lex » en Nouvelle-Zélande, « Brfxxccxxmnpcccclllmmnprxvclmnckssqlbb111116 » en Suède ou même « Prince » aux Pays-Bas.

2

Doudou est déjà rentré quand j'arrive de chez Melanie. Il jette des nouilles instantanées dans une casserole d'eau et un coup d'œil à la pendule de la cuisine…

– Ça prend deux minutes, je lui dis. Mais pas la peine de compter, elles remontent à la surface dès qu'elles sont cuites.

Après avoir regardé l'heure encore une fois, Doudou me demande ce que je fichais.

Je lui dis que j'ai été fumer de l'herbe avec les voyous du collège. En voyant sa tronche, je me dépêche d'ajouter :

– Je rigole, Doudou, c'est une blague !

Il ne trouve pas ça drôle du tout. Avant, ça l'aurait fait rire. Mais depuis qu'il s'est séparé de maman et d'une bonne partie du mobilier du salon, son sens de l'humour laisse sérieusement à désirer…

– April, où étais-tu passée, bon sang ? J'étais inquiet.

Maintenant Doudou m'appelle April et maman m'appelle May. Quand ils sont tous les deux dans la même pièce (chose rare) et qu'ils s'adressent à moi, j'ai tendance à devenir schizo. Je finis parfois par me demander si je ne m'appelle pas Automne ou Hiver.

Doudou touille les nouilles avec l'index et les regarde couler au fond de la casserole avec une inquiétude grandissante.

Je lui dis que je suis allée au centre commercial avec Melanie pour acheter un nouveau sac bleu marine et des chaussettes (également bleu marine). Je croise les doigts dans mon dos parce que je suis allée au ciné voir *Twilight*. Entre nous, je ne retournerai plus jamais au cinéma avec Melanie gobe-mouches.

Elle a vu *Twilight* sept fois. Elle connaît les dialogues par cœur et les récite du début à la fin. Tout haut.

« La ferme, Melly ! », je lui ai dit.

Elle a prétendu que, si elle fermait la bouche, elle ne pourrait plus respirer.

Au prix d'un effort surhumain, je me suis retenue de lui enfoncer mes canines dans le cou.

Après, on est allées chez elle. Chez elle, c'est genre château. Deux étages, piscine, court de tennis et bassin avec des carpes, le tout protégé par une clôture électrifiée et un gardien armé à l'entrée.

Je me suis plongée dans *Fascination* (celui de la bibliothèque personnelle de Melly) pendant que Melly tapait avec deux doigts ma dissertation-punition sur *Roméo et Juliette*.

La dissertation terminée, j'ai laissé Melly recouvrir mes livres scolaires avec du papier kraft et du plastique transparent, jusqu'au moment où il a commencé à faire nuit et où sa mère m'a dit : «Tu ne crois pas qu'il serait temps de rentrer chez toi ?»

Elle ressemble à Melly, sauf qu'elle respire par le nez.

Melly a refusé de me prêter son exemplaire perso de *Fascination* sous prétexte qu'elle est en train de l'apprendre par cœur. Elle dit qu'elle connaîtra bientôt tous les personnages mieux que si elle les avait inventés elle-même.

Doudou a l'air soulagé de savoir que j'ai passé l'après-midi avec Melly. Il se frictionne le haut du crâne, si bien que ses cheveux sont tout ébouriffés. On dirait une pelote de laine noire douce comme du duvet, mais tellement emmêlée qu'il faudrait la passer au peigne fin pour pouvoir l'utiliser.

À présent, quelques mots sur Doudou. Il a trente-cinq ans et c'est un sale vautour. Enfin… c'est comme ça que certaines personnes qualifient ceux qui font ce métier. Doudou travaille comme conducteur de dépanneuse pour l'entreprise Willie Cass. En cas d'accident, c'est lui qui entre en scène pour remorquer ta voiture après l'arrivée de l'ambulance (et qui t'envoie la facture fissa avant qu'on t'enterre).

Doudou a un émetteur-récepteur top classe réglé sur la fréquence de la police. Il le garde sur lui jour et nuit. Quand il entend les mots « carambolage sur l'autoroute », son visage s'éclaire d'un sourire et il part comme une fusée.

Doudou n'a pas toujours été un sale vautour. Il y a trois mois, c'était un sale vampire. Il suçait le sang d'innocentes personnes et les transformait en monstres. Enfin… voilà comment maman jugeait le précédent emploi de son mari. « Les journalistes, rien que de sales vampires ! »

Maman est cruelle parfois. Aussi cruelle que les directeurs du tabloïd que la récession a pris à la gorge et obligés à réduire les effectifs, rationaliser, se serrer la ceinture et licencier Doudou dans la foulée.

Apparemment, conduire une dépanneuse est un moyen comme un autre de payer ses factures. Un boulot bouche-trou en attendant que Doudou réintègre un journal ou qu'il publie son premier best-seller. Alors on ira à Hollywood pour vendre les droits de son livre aux gens du cinéma et on deviendra des *slumdog millionaires*.

Pour le moment, on crèche à Boîte d'allumettes, une maison pas plus grande que la salle de bains de Melly, mais qui offre l'énorme avantage de nous fournir un toit, à Doudou et moi – du moins tant qu'il est capable de rembourser l'emprunt immobilier.

Ce qu'il y a de mieux, à Boîte d'allumettes, c'est le jardin de derrière. À peu près grand comme l'écran d'un smartphone et ombragé par un vieux cerisier des Antilles

(*Eugenia myrtifolia*) qui donne des baies aussi roses et amères que la face de Doudou quand il épluche son relevé de compte bancaire en fin de mois…

– Comment s'est passée cette première journée dans ta nouvelle école ? me demande-t-il, le front strié d'un milliard de rides.

À la vue de sa mine angoissée, je reviens huit heures en arrière, au moment où Mme Ho se penche au-dessus de moi…

– Ce n'est pas du Shakespeare, me fait-elle remarquer.

Ouah ! Quelle perspicacité. C'est qu'elle n'est pas bête, notre Mme Ho !

– Non, c'est du Stephenie Meyer, je réponds.

Elle s'empare de mon livre et le soulève entre deux doigts comme si c'était un mouchoir plein de morve…

– Torchon ! dit-elle.

– *Twilight*, je corrige.

Elle remonte la rangée avec mon *Twilight*, se plante face à la classe et nous inflige un quart d'heure de discours sur la bonne littérature. La bonne littérature c'est : Austen, Brontë, C. S. Lewis. Elle commence à énumérer les auteurs acceptables par ordre alphabétique, mais arrivée à D, elle sèche. Je vole à son secours en citant Dostoïevski. Je vais même jusqu'à épeler le nom. Et à préciser le prénom : Fedor.

Rien que pour ça, Mme Ho me confisque *Twilight* pour deux semaines. À titre de punition supplémentaire elle me donne une dissertation de cinq cents mots sur *Roméo et Juliette*. De toute évidence, cette femme méprise les écrivains russes.

Je dis à Doudou que ma première journée dans ma nouvelle école s'est bien passée.

Il hoche la tête en répétant :

– Tant mieux, tant mieux, tant mieux.

Et il continue en soulignant que c'est très important, que je dois réussir mon trimestre et donner le meilleur de moi-même.

Il me serine ça au moins une fois par jour, si bien que je me surprends à prononcer les mots en même temps que lui, comme Melly au cinéma.

– Ne fais pas l'insolente, ma petite demoiselle, me gronde Doudou. C'est très sérieux. Si tu n'obtiens pas de bons résultats…

– Je serai obligé de te renvoyer chez ta mère.

J'ai complété la phrase avant lui. Cette fois, Doudou rit et il me dit que je suis impossible. Puis il reprend vite son sérieux parce qu'il ferait n'importe quoi pour me garder.

Pour Doudou c'est très important que j'aie obtenu une bourse pour aller à Trinity College. C'est une super école. Pas comme le collège pourri où j'étais l'an dernier. J'ai intérêt à cartonner, sinon je me ferai virer et il faudra que je retourne dans mon ancienne école. Et que j'aille vivre avec ma mère à Pretoria.

Doudou m'interroge sur mes profs. Je lui parle de Ledoigt. Ça le met en joie, son regard s'illumine. Enfin du grain à moudre pour son roman ! (Il n'en est qu'au premier chapitre.)

Je lui raconte que M. Goosen s'est fait arracher le doigt par un chien féroce qui menaçait de s'attaquer à des jumeaux nouveau-nés dans leur poussette. Quand les secours sont arrivés, impossible de retrouver l'index de M. Goosen. Il a fallu éventrer le chien sur place, direct sans anesthésie. Ils ont fini par dénicher le doigt au milieu d'une infâme bouillie de pâtée pour chien à moitié digérée, mais il était trop tard pour le recoudre.

Doudou adore cette histoire. Il prend des notes et pose un tas de questions. Il faudra que je pense à demander à Melly comment Ledoigt a réellement perdu son index.

Je ne fais aucune allusion à Mme Ho. Si j'avouais à Doudou qu'elle m'a collé une punition, il serait trop triste.

Je l'entends déjà dire : « Ce n'est pas un bon début, April. Ce n'est pas un bon début du tout dans ta nouvelle école. »

On essaie péniblement d'avaler nos nouilles instantanées archicuites et Doudou descend deux bières sans alcool. Il n'a jamais été un gros buveur, mais en ce moment il est au régime sec vu que les carambolages sont du genre imprévisible. Du coup il est obligé d'être sobre, au cas où.

Le « cas où » se présente pile à l'instant où Doudou verse le reste des nouilles dans une vieille barquette de sorbet. En bon vautour, il s'envole aussitôt pour se régaler des malheurs d'imprudents automobilistes.

Je crève d'envie de lire les trois derniers chapitres de *Fascination* – ceux que je n'ai pas eu le temps de lire chez Melly. Pour occuper ma soirée, je me rabats sur *Roméo et Juliette*. Quelle soupe ! En plus, d'après ce que j'ai lu en cours d'histoire, la plupart des gens de cette époque n'avaient déjà plus de dents quand ils étaient en âge de s'embrasser.

J'ai envie de parler à maman. De lui raconter mon premier jour dans mon nouveau collège. J'aimerais lui expliquer que M. Goosen a perdu son index au cours d'une violente agression. Comme quoi une balle l'a sectionné net au moment où il écartait le pistolet qu'un sale type lui braquait sur la tempe. Mais maman et moi, on n'est pas connectées. Doudou dit qu'il aura les moyens de m'acheter un portable le jour où un Airbus A380 s'écrasera sur l'autoroute à une heure de pointe.

Pour éviter de penser à ma mère, je recouvre mes ampoules avec de petits morceaux de papier toilette et des bouts de scotch. Et puis je repense à Edward le vampire, à Bella et à cet édenté de Roméo pleurant la mort de sa Juliette.

Les bouts de scotch se décollent et mes ampoules frottent contre le drap. Je pense à Mme Ho. Où est-ce que je pourrais acheter du poison ?

FAIT AUTHENTIQUE
N° 2

En période de crise, certains économistes se réfèrent à l'indice Nouille pour évaluer la situation d'un pays. Plus les gens mangent de nouilles instantanées, plus ça va mal. Cependant, quels que soient les hauts et les bas de l'économie, les Chinois restent les plus grands consommateurs de nouilles du monde.

3

Doudou a l'air soucieux. Il jette un œil à la pendule de la cuisine et dit qu'on va être en retard. Son émetteur-récepteur braille comme un malade sur la table…

– April, il faut vraiment, vraiment qu'on lève le camp.

Je lui réponds que je sens venir une crise de la Maladie des Griffes du Chat et que je ne suis vraiment, vraiment pas en état d'aller en cours aujourd'hui. En gros, j'ai besoin de me faire porter pâle.

La Maladie des Griffes du Chat (MGC) est une affection étrange, très difficile à diagnostiquer. Elle est causée par une bactérie (*Bartonella henselae*) présente dans la salive des chats et provoque des symptômes semblables à ceux de la grippe, avec gonflement des ganglions lymphatiques et tout et tout.

J'en ai déjà été victime trois fois, alors qu'on n'a même pas de chat…

– Oh, non, par pitié, pas encore ! gémit Doudou. Je ne tiens pas à l'appeler. S'il te plaît, April, arrête. Il faut qu'on y aille.

Doudou est dans tous ses états. Il se frictionne les cheveux en arpentant la pièce à grands pas. Il croit sûrement que je lui fais le même numéro que l'année dernière, quand il a décidé de se séparer de maman.

À l'époque, j'ai attrapé plusieurs maladies rares et difficiles à diagnostiquer (genre Maladie du Sommeil, Maux de Ventre Incontrôlés, Syndrome du Cœur Brisé...), et, chaque fois, Doudou a dû appeler maman pour lui demander de venir au plus vite.

Finalement j'ai compris qu'il n'y avait aucune chance pour qu'ils se remettent ensemble et je les ai autorisés à divorcer. Mais les mauvaises habitudes ont la vie dure.

Doudou renonce à partir et s'assied au bord de mon lit...

– Je t'aime plus que tout au monde, April, m'assure-t-il. Tu es la prunelle de mes yeux. Et ta mère t'aime aussi.

(Plus que tout au monde, je parie.)

– Mais vous deux, vous ne vous aimez pas.

Soupir de Doudou...

– On s'est aimés. Tu es née de cet amour, April.

Doudou et moi, on n'a jamais eu le genre de conversation qui tourne autour de la fabrication des bébés. Ce qu'il ignore, c'est que je sais parfaitement que l'amour n'a souvent pas grand-chose à voir avec ça – même les mantes religieuses se reproduisent, et pourtant la femelle arrache la tête du malheureux mâle mante après coup.

Devant ma mine perplexe, Doudou insiste. Il aimait vraiment, vraiment maman. Je me retiens de lui demander pourquoi il a arrêté de l'aimer. Et ce qui pourrait l'amener à ne plus m'aimer moi non plus. Mais, comme je n'ai pas envie de lui donner des idées, je saute du lit et je lui annonce que ça va beaucoup mieux.

Je joue à la roulette russe avec le dictionnaire de Doudou et l'ouvre au hasard : F. Le mot du jour, c'est « fantasque ». Il faudra que je l'emploie à cinq reprises d'ici ce soir. Sur la route du collège, je dis à Doudou que la MGC est une maladie fantasque (capricieuse) et que je me sens tout à fait bien à présent.

Doudou me dépose devant l'entrée et s'éloigne en direction de son spot favori : un virage assez sévère, juste avant l'autoroute, où les gens qui sont à la bourre pour aller au travail se plantent régulièrement. Genre un sur dix. Les jours de pluie, il paraît que le score grimpe à un sur cinq. Ce boulot est évidemment beaucoup plus rentable quand il pleut des cordes en été.

Je réfléchis à ce qui m'attend aujourd'hui. Aller en cours, donner le meilleur de moi-même. Je regarde mes jambes nues et je me demande si les petits bouts de scotch et de PQ tiendront toute la journée. Je pense à ma dissertation punitive sur *Roméo et Juliette*, que j'ai oubliée à côté des toasts cramés du petit déjeuner.

« Croustillants, pas cramés », a tenu à nuancer Doudou.

« T'as qu'à les manger, alors. »

J'attends que la dépanneuse ait disparu au coin de la rue, puis j'oblique vers le supermarché qui occupe le même coin de rue. J'achète un paquet de cigarettes Texan Plains et une bouteille de lait entier. Je ne bois jamais de lait aromatisé. Trop mauvais pour la santé.

Je me dirige vers le parc de l'autre côté de la rue. Un parc typique de Jozi, avec les inévitables sacs en plastique coincés dans les trous du grillage, des mauvaises herbes en pleine expansion un peu partout, des aires de pique-nique maigrement gazonnées pas plus grandes qu'un paquet de clopes, des trampolines, des tape-culs et des balançoires en pneus de voiture – plantées sur des surfaces en ciment, histoire de maximiser l'impact en cas de chute. Sans oublier un ou deux platanes qui ont réussi par miracle à se développer.

Il commence à pleuvoir. C'est fou comme le temps peut être fantasque (changeant). Je dis merci aux dieux pour leur bienveillance envers Doudou. Je dis non merci à un vieux SDF qui me propose gentiment de partager sa couverture et sa bouteille de je-ne-sais-quoi qui pue le fermenté.

Je fonce m'abriter sous un grand platane près des balançoires en attendant la fin de l'averse. La pluie se calme et je bois mon lait. Les vitamines A, D et K coulent le long de ma gorge, additionnées d'une bonne dose de calcium. Je dis tchao à l'ostéoporose, je sens mes dents pousser et se renforcer…

– Le lait, c'est bon pour les os.

Je m'arrête de boire illico. On ne peut pas boire et parler en même temps, si ?

– Ça les rend plus solides. Et c'est vrai aussi pour les dents.

Je lève les yeux et me voilà dans *Twilight*, face à Edward le vampire.

Il se balance mollement sur une balançoire tout en me fixant de ses yeux pâles. Des yeux couleur jus de citron vert.

Une cigarette aux lèvres, il recrache la fumée par le nez, comme le tuyau d'échappement de la dépanneuse de Doudou.

Je tends ma bouteille de lait à Edward le vampire. D'une pichenette, il jette son mégot par terre et l'écrase avec son pied nu.

Il boit quelques gorgées de lait, me rend la bouteille.

Les battements de mon cœur sont de plus en plus fantasques (irréguliers). Edward le vampire m'offre une cigarette. Camel paquet souple. J'en prends une, va savoir pourquoi. Quiconque doté d'un cerveau sait que fumer donne le cancer et une haleine de chacal.

Si Ledoigt était là, sûr qu'il me ferait un cours d'histoire sur les méfaits du tabac à travers les âges. Ou pas. Hier, j'ai observé sa main. Sur ses quatre doigts, deux sont jaunes comme de la vieille moutarde. Et il dégage la même odeur que les hors-la-loi qui s'en grillent une à l'entrée des bureaux pour assouvir leur besoin de nicotine pendant la pause.

Fumer, c'est pas mon truc, mais je tiens à donner le meilleur de moi-même. Je me penche en avant pendant qu'Edward le vampire me présente la flamme de son briquet. Est-ce qu'il sent l'odeur de mon sang ? Est-ce qu'il a envie de le goûter ? Pour l'instant, ça sent le poil de cochon grillé. Je me recule en vitesse avant que l'autre moitié de mon sourcil prenne feu. Edward le vampire m'arrache la Camel des doigts avec impatience, puis me la rend après l'avoir allumée lui-même.

Il ne s'appelle pas Edward, mais Sebastian. Je me présente : Bella. Il me montre comment garder la fumée dans la bouche, l'aspirer lentement en direction des poumons, puis l'expulser en un chapelet de ronds du plus gracieux effet. Je me mets à tousser, il me tapote le dos et me dit que ça viendra, c'est juste une question d'entraînement. J'espère y arriver avant de mourir d'un cancer de la gorge.

Lui, c'est sûr qu'il a un max d'expérience, car il actionne les mâchoires comme un robot de science-fiction et ne tousse qu'entre deux bouffées...

– Alors comme ça, tu sèches les cours, Bella, me dit-il.

Avec un grand sourire en prime.

Il n'a pas les dents pointues. Il a les dents du bonheur et elles sont blanches et arrondies...

– Toi aussi, Bas'.

Comme j'ai un goût immonde dans la bouche, j'éjecte ma cigarette d'une pichenette et regarde le pied nu de Sebastian l'écraser...

– Moi, je suis malade, j'ai une pneumonie.

Il me montre un mot d'absence qui le dispense d'aller en classe pendant trois jours.

Je traîne encore un moment avec Sebastian. Il me dit qu'il habite dans une de ces grandes baraques en face du collège. Gosse de riches. Son père est médecin, sa mère aussi. Gosse de très riches.

Je lui raconte qu'une prof m'a prise en grippe et qu'*a priori*, elle n'est pas près de me lâcher. Une certaine Mme Ho. Sebastian fait la grimace, genre « je connais le personnage ». Il ajoute que son père est spécialiste du diabète et qu'il pourrait tuer quelqu'un en lui injectant de l'insuline entre les doigts de pied, on n'y verrait que du feu. Intéressant.

Son portable sonne et il répond. Sebastian dit à sa mère qu'il se repose bien au chaud sous sa couette. Il ajoute :

– N'oublie pas de me rapporter les saisons un et deux de *Lost*. Et du jus de pomme. Et aussi mes nouveaux clubs de golf. Et un menu Kentucky.

Il se remet à pleuvoir (Vas-y, Doudou !) et Sebastian me dit qu'on a des chances de se recroiser. Je n'ai qu'à lui donner mon numéro, peut-être qu'il me rappellera. Peut-être.

Tout en croisant les doigts dans mon dos, je lui raconte que j'ai fait tomber mon portable dans le jacuzzi.

Lueur d'intérêt dans ses yeux. Il doit penser que je ne suis pas une fille facile.

Il me dit qu'on se reverra forcément. Je l'espère de tout mon pauvre petit cœur sanguinolent.

Sebastian balance sa paire de Nike dans son sac à dos et m'annonce qu'il va surfer sur le net. Je donnerais un rein pour avoir un ordi. Et le wifi, tant qu'on y est.

Je passe les deux heures suivantes à rebondir sur le trampoline et ensuite à faire du tape-cul avec le SDF jusqu'à ce qu'il en ait marre et qu'il se réfugie sous sa couverture. Impossible de l'en déloger, même en l'appâtant avec un petit pain au salami.

Il pleut à seaux et je ferais mieux de surfer jusque chez moi avant la noyade. Alors que je traverse la rue en courant, une voiture s'arrête dans un crissement de freins et un dérapage plus ou moins contrôlé. Statistiquement, les accidents avec les piétons ne rapportent pas grand-chose à Doudou, sinon je me jetterais sous les roues d'une voiture plusieurs fois par jour pour augmenter nos revenus.

Étant donné que les autres, derrière, klaxonnent comme des fous, la voiture se range sur le côté. En sort une femme qui se bagarre un moment avec son parapluie avant de réussir à l'ouvrir. Elle s'avance vers moi, et :

– Encore toi ! Qu'est-ce que tu fais ici ?

Un regard furieux me foudroie dans l'ombre du parapluie dégoulinant.

Oh, non. Mme Ho.

FAIT AUTHENTIQUE
N° 3

La métaphore du cœur brisé sert à décrire une intense douleur émotionnelle due à la perte d'un être cher dans le cadre d'un deuil, d'un divorce, d'une rupture, d'un déménagement ou de toute autre cause de séparation.

Il existe aussi une maladie connue sous le nom de Syndrome du Cœur Brisé. À la suite d'un incident traumatique, le cerveau déclenche la décharge brutale de certaines hormones susceptibles d'endommager le muscle cardiaque. En Afrique, on a même vu des éléphants mourir de cette maladie. Les symptômes en sont des douleurs abdominales, une perte d'appétit, des insomnies, des sautes d'humeur, un état dépressif, une faiblesse généralisée, etc.

4

Remorquée par Mme Ho, je traverse la cour sous la huée des élèves qui attendent que leurs parents viennent les chercher…

– Tu t'es fait choper, t'es fichue, t'es grillée ! me lancent-ils en rigolant tandis que Mme Ho me traîne, ruisselante de pluie, à l'intérieur du collège.

J'aperçois Melly qui respire péniblement au bout du couloir. Elle m'adresse un petit signe de la main en guise d'encouragement.

Mme Ho entre dans la classe, pose son parapluie près de la porte et commence à se déshabiller. On dirait Doudou en train d'éplucher un oignon : d'abord l'imper, ensuite la veste, puis un gilet, et pour finir les bottes en caoutchouc. Elle émerge de ces multiples couches protectrices telle une matriochka taille mannequin. La voilà prête à l'action, et moi debout, pieds nus dans la salle de classe vide. Mme Ho bourre mes chaussures de papier journal…

– Tu ne peux pas continuer à te promener sans chaussettes, April-May. Tiens, tu n'as qu'à prendre ça.

Elle me tend une paire de chaussettes bleu marine puisées dans le coffre des objets trouvés.

Ça sert à quoi, ces trucs ? À égoutter les spaghettis ? Les chaussettes sont tellement trouées qu'on dirait des napperons en dentelle.

La prof replonge dans le coffre des objets trouvés et en tire un sac bleu marine pourri, avec de vieilles traces de yaourt explosé et de banane écrasée.

– C'est le sac réglementaire, April-May. Après un bon lavage, il fera l'affaire.

Grave. Surtout pour me refiler la salmonellose.

Je regarde tour à tour le sac dégueu, les chaussettes miteuses et Mme Ho. J'examine les lambeaux de papier toilette et de scotch qui pendouillent à mes chevilles et j'enfile les chaussettes par-dessus.

Mme Ho m'observe avec des yeux comme des têtards frénétiques en quête d'un morceau d'algue à se mettre sous la dent…

– Tu es nouvelle dans ce collège.

Ce n'est pas une question, mais une affirmation. Assise les jambes croisées, mon dossier ouvert sur les genoux, Mme Ho scanne mon parcours scolaire à toute vitesse…

– Je vois que tu as décroché une bourse. Tu es l'heureuse élue parmi deux cent soixante candidats, April-May.

C'est vrai. J'ai beaucoup de chance.

– Ton père travaille dans la gestion des catastrophes ?

Exact. On peut le dire comme ça. C'est moi qui ai rempli le formulaire...

– Il est dans l'industrie automobile, je précise.

Je ne tiens pas à entrer dans des détails trop trash : enfants avec la tête encastrée dans le pare-brise pour cause de ceinture pas bouclée ; pompiers essayant de dégager des morceaux de corps coincés derrière le volant ; Doudou vomissant sur le bas-côté de la route en attendant de prélever sa part et de remorquer une voiture qu'on ne verra plus jamais sur l'autoroute...

– L'industrie automobile ?

Elle ne veut pas lâcher l'affaire. Bon, puisqu'elle insiste, allons-y. Je lui raconte la fois où Doudou est arrivé en trombe sur les lieux d'un accident. Deux taxis qui retournaient au Zimbabwe, des bagages empilés jusqu'au ciel et, à l'intérieur, des passagers serrés comme des sardines en boîte. Le premier taxi n'avait pas de rétroviseur, si bien que le chauffeur n'a pas vu que le second était en train de le doubler – tout ça pour arriver à temps avant la fermeture du poste frontière et éviter à ses clients de dormir sur le bas-côté de la route en attendant le lendemain...

– Au total, on a dénombré vingt-deux corps. Treize enfants et neuf adultes allongés sur le bas-côté de la route.

Sauf qu'ils ne dormaient pas, bien sûr. Pas comme Juliette, je précise, histoire d'ajouter une petite touche littéraire.

Mme Ho paraît à deux doigts de dégobiller dans mon nouveau-vieux sac bleu marine. Son visage ressemble à un marécage verdâtre au milieu duquel s'enfoncent ses yeux de têtard en déroute.

– Ton père conduit une dépanneuse ?

Malgré mes oreilles pleines d'eau de pluie, je parie qu'elle vient de marmonner tout bas : « Sale vautour ! »

Et alors ? C'est un boulot honnête. Ce n'est pas comme si Doudou était prof ou avocat. Il fait ça pour gagner sa vie.

Au cas où Mme Ho viendrait à être impliquée dans un carambolage, je lui donne une carte de Willie Cass (à titre non officiel de directrice de la communication de l'entreprise, j'en ai toujours quelques-unes sur moi). Elle prend la carte et la glisse dans sa poche. Sa main tremble. Signe de stress post-traumatique. Pour un peu, je lui conseillerais de se pencher en avant, la tête entre les genoux, et de respirer comme Melly – la bouche ouverte, à petites inspirations rapides.

Mais Mme Ho ne tarde pas à reprendre du poil de la bête et rejette la tête en arrière comme si on venait de lui faire le coup du lapin…

– Je crois que j'en ai entendu assez, April-May, me dit-elle.

Là-dessus, cette sorcière demande à voir ma dissertation-punition sur *Roméo et Juliette*.

Nouveau flash-back. Les toasts cramés. Ma dissert posée juste à côté. Doudou enveloppant les toasts et le reste de nouilles dans une feuille de papier à carreaux grand format et mettant le tout dans sa lunchbox. Ma dissertation.

Mme Ho enclenche la cinquième, prête à m'infliger le coup de grâce. Étant donné que je ne suis pas en mesure de lui remettre le devoir exigé, elle va me donner une autre punition. Son regard s'allume. J'ai compris, elle veut la jouer subtile.

Elle me demande un essai de cinq cents mots sur les différences et les similitudes entre deux grandes œuvres littéraires : *Roméo et Juliette* et *Fascination*. Elle prononce le titre de mon livre favori avec un sourire méchant. Elle croit m'avoir eue.

Ce qu'elle oublie, c'est que c'est moi qui ai décroché la bourse. L'heureuse élue sur deux cent soixante candidats. Celle qui a obtenu le droit d'intégrer cet excellent collège. Mme Ho a beau être une fine mouche, je sais que je peux donner le meilleur de moi-même. Et tout de suite…

– Il faut d'abord que je finisse le livre…

– *Roméo et Juliette ?* s'enquiert-elle avec un rictus méprisant.

Ah ! Elle pense me connaître ! Elle croit que, malgré ma bourse scolaire, je suis incapable de lire un texte écrit par un vieux schnock en collants et culotte de golf.

Roméo et Juliette, je l'ai terminé hier soir. C'est *Fascination* que j'ai grave envie de finir. Je revois le visage de Sebastian dans le parc, en train de me souffler la fumée de sa cigarette dans la figure. Le tabagisme passif, ce n'est pas ma tasse de thé. Moi, ce que je veux, c'est Edward le vampire.

Mme Ho ouvre le sombre tiroir où étouffait Stephenie Meyer et me tend le livre. Je le prends, le feuillette jusqu'à l'avant-avant-dernier chapitre et je commence à lire.

Mme Ho me dit de rester dans la classe pour rédiger mon essai. Elle repassera me voir en fin d'après-midi. Je ne m'aperçois même pas de son départ. Je suis avec Edward et Bella. Rien ne peut me distraire. À part Melly, dans le couloir, qui fait plein de buée sur la vitre.

Je la laisse s'essouffler jusqu'à ce que j'aie fini mon livre, après quoi je lui permets d'entrer. Elle se précipite sur moi et s'évente avec la main. Elle est désolée. Vraiment désolée. Elle m'a apporté un cadeau pour me consoler.

Je suis trop, trop contente. *Tentation* ! Et ce n'est pas un exemplaire de la bibliothèque. C'est un livre flambant neuf. Je renifle les pages. Elles sentent le papier neuf et le sang d'Edward…

– Tu l'as acheté exprès pour moi ?

Melly dit que oui.

Je ne réponds rien, mais je n'en pense pas moins : Melly est la meilleure amie qu'un être vivant puisse avoir. En remerciement, je l'autorise à rédiger mon essai pendant que j'entame la lecture de *Tentation*. Je tape sur les doigts de Melly quand elle met un rond genre pizza sur les « i ».

Ou quand elle ajoute un ventre de cochon à ses « g » et une queue style spaghetti à ses « l ».

Je dis à Melly que son orthographe ressemble à un guide de textos pour les nuls. Elle me dit que les textos, c'est total dépassé. Elle, elle ne jure que par Twitter. Je lui demande de me lire *Tentation* à voix haute pendant que je twitte la fin de l'essai – juste à temps pour l'arrivée de Mme Ho.

Mme Ho chasse Melly de la salle et se lance dans un long discours comme quoi je n'ai guère brillé par ma présence ces deux derniers jours et elle me tient à l'œil. En tant que boursière, je dois – et là, je jurerais entendre Doudou – donner le meilleur de moi-même. Sinon, on me renverra de Trinity College en moins de temps qu'il n'en faut pour dire : « Tu veux que je te raccompagne chez toi ? »

Je décroche les yeux de mon essai et gratifie Mme Ho d'un regard vide...

– Tu veux que je te raccompagne chez toi ? me demande-t-elle.

Il tombe des cordes. Je calcule mes chances d'arriver vivante à la maison si je prends un taxi. Ensuite, j'évalue les risques si je monte dans la Toyota Corolla de ma prof. OK. J'accepte.

En cours de route, Mme Ho me pose un tas de questions. Elle est aveugle ou quoi ? J'essaie de lire, là.

Mais Mme Ho est du genre persévérant. Son nez frétille comme un rat affamé devant une tranche de bacon.

Elle m'interroge sur ma « situation familiale » (parents divorcés). Sur ma mère (elle vit à Pretoria). Sur Doudou (que j'espère en train de foncer sur l'autoroute après l'annonce d'une collision gravissime). J'ai l'impression de passer dans un horrible talk-show, sauf que je ne pleure pas et que je ne saute pas sur mon siège. Mes réponses se distinguent par leur brièveté.

Finalement Mme Ho me demande quelle est ma matière préférée. Je lui dis que mes centres d'intérêt sont assez fantasques (variés), mais que ce que j'aime avant tout, c'est la littérature.

– Ah oui, fait-elle.

Et je me replonge dans *Tentation*.

Mme Ho profite de l'arrêt à un feu rouge pour me regarder. Elle m'annonce qu'elle pourrait peut-être téléphoner à mon père. Elle dit ça tout doucement, sans doute pour voir si je lis vraiment ou si je l'écoute. Elle ne sait pas que, quand on décroche une bourse d'études, on est généralement capable de mâcher un chewing-gum ET de marcher en même temps ? Je fais la sourde oreille. Pas envie de lui apprendre que Doudou est privé de portable pour cause de finances en baisse. Elle n'a qu'à l'appeler chez Willie Cass, elle tombera direct sur la messagerie du standard.

Trois minutes plus tard, on arrive à la Boîte d'allumettes. Je dis à Mme Ho que je l'inviterais bien à entrer, mais qu'elle a sûrement des choses à faire. J'aperçois Doudou en train de s'affairer sous le capot de la dépanneuse.

Mme Ho avise la dépanneuse. Une boule de cheveux noirs hirsutes émerge du moteur, et Doudou se redresse en agitant une clé à molette. Je reconnais que c'est une vision plutôt horrible, mais Mme Ho devient blanche comme de la craie – à croire qu'elle vient de voir un vampire. Il ne me reste plus qu'à descendre en vitesse avant qu'elle démarre en trombe et me plante sur le trottoir en me lançant un truc genre : « N'oublie pas de terminer ta dissertation et je compte sur toi pour venir en cours demain. »

FAIT AUTHENTIQUE
N° 4

Au cours de leur vie, les gens passent en moyenne quatre ans en voiture et six mois à attendre que le feu passe du rouge au vert.

5

Doudou range ses outils, fait un brin de toilette et me rejoint autour d'une théière de rooibos. Il pose les coudes sur la table, le visage animé d'expressions fantasques (fluctuantes) : désespoir-soulagement ; désespoir-abattement ; désespoir-soulagement...

– Je me suis fait virer, avoue-t-il enfin.

Et il se met à rire comme un malade mental.

Je sors le paquet de Texan Plains de la poche de ma veste et le pose délicatement sur la table. Doudou ne fume qu'en cas de force majeure. Là, c'en est un.

Doudou rafle le paquet de clopes avec une expression qui veut dire : «Avec quoi tu as acheté ça ?»

– C'est avec l'argent du taxi ? me demande-t-il d'un air à la fois content et coupable.

Je lui explique que Mme Ho, ma professeure préférée, m'a raccompagnée en voiture et que j'ai dépensé les sous du taxi en produits de première nécessité.

Doudou attend que je lui donne le feu vert. C'est à moi de décider si c'est un cas de force majeure. S'il peut fumer ou pas. Et c'est moi qui achète la drogue. Voilà le système qu'on a adopté pour l'aider à vaincre sa dépendance.

Je finis par lui tendre les allumettes et il s'en grille une aussi sec…

– D'après eux, je suis trop maigre, me dit-il après avoir tiré deux bouffées. Du coup, ils m'ont viré.

Il éclate encore de rire et crache un brin de tabac collé à sa lèvre supérieure.

Je dégaine mon propre médicament d'urgence, à savoir un paquet de biscuits ZOO, et je commence à lécher le zèbre en glaçage rose pendant que Doudou fume. Je vois le téléphone portable dont je rêvais disparaître au fond d'un trou. Je me vois en train de recycler les sachets de rooibos sur le fil à linge jusqu'à ce que Doudou se trouve un nouveau boulot. Quant à ce sans-cœur de Willie de chez Willie Cass, je lui souhaite de se fracasser contre un mur au volant de sa voiture…

– Ce midi, ils m'ont fait monter sur une balance et ils m'ont annoncé que je pesais trois kilos de moins que le poids cible. Il paraît que c'est le genre de chose qui mine le moral des gros. D'où la raison de mon renvoi.

Je reprends immédiatement le paquet de Texan Plains. Tricheur ! Escroc ! Arnaqueur ! Baratineur ! Fourbe ! Fripouille !

– Tu t'es fait jeter du club des Weight Watchers ?

Doudou hoche la tête avec un grand sourire.

Je remballe mon paquet de ZOO. Fin de l'état d'urgence.

Doudou s'est inscrit au début de l'année dans un groupe de Weight Watchers pour perdre du poids. C'était remboursé par son assurance maladie. Privilège qu'il a eu le droit de garder six mois après s'être fait licencier pour raisons économiques de son poste de journaliste.

Pour Doudou, c'était une façon d'aller de l'avant. Son pote Ismaël, un collègue de chez Willie Cass, lui avait affirmé que les groupes Weight Watchers étaient le meilleur endroit pour rencontrer des dames – celles qui ont un paquet de kilos à perdre étant plus souvent célibataires que les minces.

Pendant trois semaines, Doudou a rapporté à la maison des recettes et des brochures bourrées d'astuces et de conseils pour garder la ligne (genre huit verres d'eau par jour), mais pas de rondouillarde. J'étais bien contente. Et j'ai senti que, de son côté, Doudou était plutôt soulagé. Contrairement à maman, il n'est pas encore prêt à refaire sa vie.

Ma mère a rencontré un dénommé Sarel. C'est un ténor du barreau, il travaille dans un grand cabinet d'avocats à Waterkloof, la banlieue chic de Pretoria.

« Elle est passée sans transition d'un sale vampire à un autre. » Voilà ce que dit Doudou à propos de maman et de Sarel. Moi aussi, ça me fait voir rouge.

Doudou me regarde avec des yeux de chien battu, mais je refuse de lui donner une autre cigarette, ça ne lui ramènera pas son grand amour. Je lui demande ce qu'il a prévu pour le dîner...

– Fish and chips, m'annonce-t-il. Ismaël va nous les apporter tout cuits tout chauds pour fêter le carnage du jour.

Peu après, Ismaël arrive avec trois portions de poisson et de frites enveloppées dans du papier journal. Il ferait bien de prendre la place de Doudou chez les Weight Watchers. Son gros bide déborde par-dessus la ceinture de son pantalon et il transpire comme un vieux morceau de fromage sous plastique dès qu'il s'active un peu. Genre maintenant, en déchirant le journal et en nous servant. Il devrait aussi aller se faire contrôler la vue, car la moitié des frites atterrit dans son assiette.

Ismaël s'inquiète pour Doudou. Il dit que Willie de chez Willie Cass le trouve trop sentimental. Doudou contemple tristement son poisson et le promène tout autour de son assiette. Ismaël se met à l'engueuler comme il engueulerait un chien errant en train de fouiller dans les poubelles :

– Espèce de bâtard, t'es qu'un dégonflé, la honte de la profession ! T'as du sang de navet dans les veines ou quoi ? Si tu retrousses pas tes manches, tu vas te faire saquer. Willie t'a dans sa ligne de mire.

Ismaël m'apprend que Doudou se fait payer au rabais pour ses services. Genre : « Pas de souci mon petit monsieur, je vais remorquer votre épave, je passerai vous voir à l'hôpital plus tard. Vous me paierez une fois que vous aurez débranché le respirateur artificiel de votre femme et réglé tous vos frais médicaux. »

D'après Ismaël, Doudou manque de combativité. Il faut qu'il s'endurcisse, qu'il prenne exemple sur lui et les autres dépanneurs. Qu'il trouve le moyen d'améliorer son rendement. Et vite. Faute d'idées, Ismaël et Doudou se tournent vers la brillante boursière que je suis.

Je conseille à Doudou de commencer par enlever l'autocollant *Un avis sur ma conduite ? Téléphonez au 082 346 4532* qu'il a posé à l'arrière de sa dépanneuse. C'est le genre de truc qui n'inspire pas confiance. Ensuite, qu'il arrête de rouler à une allure d'escargot sur la file de gauche, tout ça parce qu'il a peur de devenir à son tour client de Willie Cass. Qu'il appuie sur le champignon. Qu'il aille droit au but.

Ismaël compatit à la détresse de Doudou. Il se sent un peu responsable. Après tout, c'est lui qui l'a embarqué dans cette affaire quand Doudou s'est fait licencier. Et les voilà qui évoquent leurs souvenirs. Les débuts de Doudou au journal, à l'époque où il n'était encore qu'un petit jeune. Il assurait les reportages de nuit et pourchassait les ambulances.

Ismaël a été la première source de Doudou ; son agent de renseignements depuis le jour où ils se sont rencontrés devant un centre commercial qui venait de s'effondrer en grande partie sur un parking – le super scoop de Doudou.

Doudou et Ismaël ouvrent une canette de bière sans alcool et commencent à élaborer une stratégie afin d'améliorer les performances professionnelles de Doudou. Pendant ce temps-là, je me remets à mon essai.

J'utilise une des techniques journalistiques de Doudou. Le plus important, c'est le gros titre. Il s'agit de capter l'attention du lecteur. Je raye *Similitudes et différences entre* Roméo et Juliette *et* Twilight. Et à la place j'écris : *Bain de sang pour un funeste triangle amoureux.*

Je divise mon texte en plusieurs paragraphes chapeautés de sous-titres tels que : *Les fashion crimes de Bella* (ses fringues sont des haillons, comparées aux tenues super classe de Juliette) ; *Roméo à court de mots* (allusion à sa tragique incapacité de parler un anglais correct, contrairement à Edward le vampire) et *Juliette privée de sorties* ad vitam aeternam. Je m'apprête à disserter sur le drame de Juliette qui, contrairement à Bella, ne vient pas d'une famille éclatée (et a donc reçu une éducation très stricte, si bien qu'elle n'a pas eu la liberté de fréquenter un tas de garçons improbables sans s'attirer trop d'embrouilles avec ses parents), quand Doudou m'annonce que la dame sur le trottoir d'en face veut me voir. On me demande au téléphone.

Mme Barnard tient une cabine téléphonique de l'autre côté de la rue. Il y a à peu près un an, elle a réussi à tirer un fil de son poste fixe jusque devant chez elle. Depuis, elle arrondit ses fins de mois grâce aux voisins qui ont une sérieuse déficience en matière de communications :

ceux qui n'ont ni fixe, ni portable, ni smartphone, ni Internet. Genre Doudou et moi.

Je traverse la rue en courant. C'est ma mère au bout du fil. Hystérique. Elle me dit qu'elle vient de recevoir un coup de téléphone de Mme Mo.

– Mme Ho ?

La liaison est mauvaise.

– Appelle-la comme tu veux, je m'en fiche ! poursuit maman. C'est un professeur de Trinity College. Elle m'a téléphoné pour me dire que tu séchais les cours, que tu avais récolté une punition dès le deuxième jour et que l'avenir de ta bourse était sérieusement compromis.

Je réponds à maman que Mme Ho est psycho-névrotique.

– Hein ? Quoi ? Qu'est-ce que tu dis, May ?

– Je dis que Mme Ho est un cas désespéré.

Elle est perturbée, parano et coincée à mort. Un peu comme ma mère.

– Peut-être, May, mais en tout cas je vais venir faire un tour ce week-end pour régler tout ça avec ton père.

Et me lapider dans la foulée quand elle en apprendra plus sur mes derniers exploits scolaires. Apparemment, Mme Ho sera de la partie elle aussi, donc maman viendra accompagnée de Sarel pour le soutien moral.

Je lui recommande d'être prudente au volant. La route de Pretoria à Jozi détient le record d'accrochages en fin de semaine et pendant les congés.

Je rentre à la maison et annonce à Doudou que maman nous rendra bientôt visite. Samedi, pour être précise. Le visage de Doudou s'illumine.

J'ajoute que Sarel viendra en renfort. Doudou devient rouge tomate et se martyrise les cheveux. Il veut connaître les raisons de la venue de maman. Normalement, ce n'est pas son week-end. Elle est censée me prendre seulement deux fois par mois.

J'explique à Doudou que maman veut s'entretenir avec lui de certaines questions d'ordre éducatif. Mme Ho, ma prof préférée, se joindra à nous afin de discuter de mon avenir.

Doudou se rengorge avec fierté. Pour la troisième fois, il raconte à Ismaël que j'ai intégré une très bonne école grâce à l'obtention d'une bourse. Bourse qui me permet de rester à Jozi, à bonne distance de ma mère et de mon ancienne école pourrie de Pretoria.

Je les laisse bavarder et je récupère ma dissertation punitive dans la lunchbox de Doudou. Une fois délestée des miettes de pain brûlé et des quelques nouilles restantes, ma copie a l'air comme neuve.

Je passe la soirée à laver une demi-douzaine de paires de chaussettes paternelles bleu marine. Celles que Mme Ho m'a données sont carrément immettables. J'essaie d'étirer les chaussettes de Doudou entre deux chaises pour qu'elles soient assez longues et me remontent jusqu'au genou.

Je quitte le XXIe siècle et je remonte le temps jusqu'au Moyen Âge, bien avant Shakespeare, à l'époque où les étirements étaient à la mode.

J'imagine Mme Ho écartelée sur un chevalet. Ses articulations qui craquent, ses tendons qui claquent et ses cordes vocales à deux doigts de lâcher tandis qu'elle implore grâce à grands cris.

Mais je suis sans pitié. Inébranlable. Dans ce monde, l'homme est un loup pour l'homme. En me dénonçant à ma mère et en menaçant de venir à la maison, Mme Ho a franchi la limite.

Je m'endors après avoir élaboré un plan pour bloquer l'invasion de Mme Ho dans ma sphère privée. Ça va être un grand choc pour elle.

FAIT AUTHENTIQUE

N° 5

L'Inde compte davantage de téléphones portables que de toilettes. Dans ce pays, il y a environ un téléphone par habitant. Dans la Boîte d'allumettes, le rapport toilettes / téléphone s'établit à 1 / 0.

6

Le premier choc de la journée se produit en cours de biologie.

Traite-moi d'instable, de capricieuse, de farfelue, mais s'il fallait choisir entre biologie et littérature, j'aurais vraiment du mal.

La bio – ou les sciences naturelles, comme on dit à Trinity College –, c'est ma matière préférée n° 2. Entre les deux mon cœur balance beaucoup.

J'ai deux types de livres de chevet : des œuvres littéraires genre *Fascination* (et depuis hier soir, *Tentation*) et de grands bouquins portant sur l'étude de la vie. Autrement dit la biologie.

Doudou prétend que les deux hémisphères de mon cerveau n'arriveront jamais à se mettre d'accord. Le droit, qui adore les mots et l'imaginaire, est en rivalité permanente avec le gauche, lequel est à fond dans la logique et le rationnel.

Pour ma mère, il n'y a pas à discuter : May sera médecin ; c'est une scientifique-née. Rien que pour le plaisir de chicaner, Doudou a décidé une fois pour toutes qu'April serait un grand écrivain, puisqu'elle tient de son père (du temps où il n'était pas dans le business des épaves). Ils se chamaillent là-dessus à tout bout de champ.

Moi, je trouve que j'ai largement le temps d'y penser. Pour le moment, je suis heureuse d'avoir un cerveau entier.

Je suis assise au fond de la classe, à côté de Melly qui me parle de la bouteille d'oxygène avec laquelle elle est obligée de dormir. Melly souffre d'apnée du sommeil, il y a des moments où elle s'arrête de respirer à son insu. C'est aussi à cause du manque d'oxygène qu'elle a les mains et les pieds rose vif.

Melly me raconte ça en haletant bruyamment, à croire qu'elle emmagasine le maximum d'air tant que le soleil brille pour compenser sa difficulté à inspirer/expirer dès la tombée de la nuit. Cinq minutes plus tard, c'est le choc.

Si j'ai le souffle coupé, ce n'est pas à cause des révélations médicales de Melly. Bien que, en tant que novice en génétique, je sois fascinée par les molécules que mon amie a héritées de ses parents : son génome, son ADN. Non, ce qui me stupéfie, c'est l'arrivée de notre prof de bio (celui qui m'aidera à déterminer si c'est la mère ou le père de Melly qui lui a transmis son apnée du sommeil).

Je suis tellement sidérée que j'interromps instantanément mon activité en cours – à l'aide de la lame de mon taille-crayon, tenter de prélever un échantillon de sang de Melly pour une future analyse dans le labo.

– Que diable fais-tu avec cette lame dégoûtante ? lance Mme Ho en traversant la salle plus vite qu'il ne le faut pour dire : «Vampire en vue ! », alors que Melly est en train de donner volontairement son sang au profit de la recherche médicale.

Je vois Mme Ho et tout de suite je pense « obstacle », synonyme de tout ce qui l'empêchera d'atteindre ma maison demain. Obstacle, barrage, piège, entrave, obstruction. Tous ces mots sont bons pour qualifier ce que je complote.

Mme Ho, m'informe Melly pendant que la prof fonce à l'infirmerie chercher de la crème antiseptique et un pansement, n'est pas seulement la remplaçante de la douce mais incompétente Mlle Morape, elle est aussi prof de biologie à plein temps.

À son retour, Mme Ho se lance dans une petite expérience scientifique très personnelle. Par principe de précaution, elle invite un rat de laboratoire appelé April-May à s'asseoir au premier rang tandis que toute la classe débattra des rôles respectifs de la génétique et de l'environnement dans le comportement humain.

Mon environnement classique – au fond de la classe, à côté de Melly – m'empêche de donner le meilleur de mes aptitudes génétiques. En conséquence de quoi, je vais rester au premier rang, en solo, sous les yeux de Mme Ho jusqu'à la fin du trimestre, de sorte que mes prédispositions génétiques à l'excellence triomphent enfin de mes tendances à causer des problèmes au fond de la classe.

Je ne reste pas seule longtemps. Je suis vite rejointe par une foule d'idées sur l'art et la manière d'empêcher Mme Ho de nuire à mon environnement personnel. Ces pensées me tiennent compagnie jusqu'à la fin du cours de bio, voire jusqu'à l'heure de la sortie. Melly ne m'a même pas manqué. Mon cerveau a beau avoir deux hémisphères rivaux, ils savent se tenir les coudes en cas de force majeure.

À la fin du dernier cours, je traîne dans le couloir en attendant que Mme Ho quitte sa salle de classe. Ensuite, j'applique la première phase de mon plan. C'est un vieux truc à la noix. Un jeu d'enfant pour quiconque a fréquenté une école pourrie, comme moi. D'une facilité déconcertante pour une boursière qui cartonne non seulement en littérature et en biologie, mais aussi en technologie.

J'y ai eu recours des dizaines de fois avec Doudou et maman l'année dernière, quand je voulais qu'ils restent un long moment en tête à tête dans un espace confiné, histoire de leur faire réaliser à quel point ils s'aimaient plus que tout au monde – en dehors de moi.

J'entre dans la salle de classe de Mme Ho, j'ouvre le placard, je décroche la clé de son clou, je l'enfonce dans la serrure de la porte et la tourne d'un quart de tour de façon à la mettre en mode « verrouillage ». La plupart des gens – Doudou et maman compris – ne s'en rendent compte qu'après l'avoir claquée derrière eux. Ensuite, c'est trop tard.

Après s'être retrouvés coincés dans leur chambre pendant vingt heures pour la dixième fois, mes parents m'ont fait asseoir et maman m'a dit qu'il n'y avait vraiment, vraiment plus rien à espérer et qu'il fallait tourner la page. Je suis donc passée au plan B : la Maladie de la Griffe du Chat. C'est toujours mieux d'avoir plusieurs plans qui mijotent dans la marmite.

Concernant Mme Ho, j'applique maintenant la deuxième phase de mon plan – que j'ai conçue en m'inspirant de mon contexte familial. Tout le monde n'a pas la chance d'avoir un père dans l'industrie automobile, et qui possède donc des centaines de clés de secours pour dépanner les gens dans certaines circonstances critiques. Genre : la mère de trois enfants qui vient rechercher sa voiture chez Willie Cass afin de rapatrier le fauteuil roulant de son mari qui vient de passer six mois à l'hôpital. Elle n'a plus la clé ? Pas de problème, Doudou en trouvera bien une qui fera l'affaire.

Selon son habitude, Mme Ho a laissé les clés de sa Toyota Corolla sur le bureau. Je m'en empare et les remplace par un jeu quasi identique issu de la collection de Doudou. Les clés d'origine, je les range au fond du tiroir, en compagnie de la clé de la porte de la classe. J'ai beau être fermement décidée à semer la pagaille, je ne suis pas une vilaine voleuse.

Je traîne dans l'école un moment et je lis *Tentation* en attendant que Mme Ho réapparaisse. La voilà qui se dirige vers sa salle de classe. La porte est telle que je l'ai laissée : grande ouverte.

Il est tard, mais Mme Ho fait partie de ces profs pénibles qui donnent des cours de soutien aux élèves lents et des leçons hors programme aux élèves dotés d'un cerveau rapide. Ces petits extras offrant le double avantage d'occuper les jeunes utilement et de les maintenir hors des centres commerciaux.

J'entre dans la classe en affichant le sourire propre aux fayots du premier rang...

– Oui ? souffle Mme Ho.

Elle est déjà en train de lire une de mes dissertations. La rescapée de l'attentat aux nouilles express gisant sur un coin du bureau, j'en déduis qu'il s'agit de l'essai comparatif sur *Twilight* et *Roméo et Juliette*.

– Je voulais m'assurer que vous aviez bien eu mes textes, dis-je. Je les avais laissés sur votre bureau.

Mme Ho a les larmes aux yeux. Impossible de savoir si elle rit ou si elle pleure.

Elle regarde mes jambes. Les chaussettes surallongées de Doudou se sont affalées en accordéon sur mes chevilles. Mme Ho plante un doigt sur la copie posée devant elle.

– Consternant, commente-t-elle.

J'en conclus que c'était des larmes de tristesse. Je dis : bon, eh bien, je vais m'en aller – ce à quoi elle me répond qu'elle va rester travailler encore un peu et ferme la porte derrière toi s'il te plaît.

Je quitte la pièce, en laissant la porte entrouverte. Ensuite, j'attends.

Soupir d'agacement du côté de Mme Ho. Je l'entends qui repousse sa chaise. Bruits de pas en direction de la porte. Fermeture de la porte. Bouclée, Mme Ho.

Une fois dehors, je constate que le parking est désert à l'exception d'une Toyota Corolla. Le gardien des lieux est à l'autre bout, le casque de son iPod sur les oreilles. Tout va bien.

Je passe la soirée chez Melly, à gonfler des centaines de ballons avec sa bouteille d'oxygène. On s'amuse un moment à faire une bataille de ballons dans la chambre.

Melly me demande si on est en train d'organiser une fête. On a quelque chose à célébrer ?

Je lui dis que oui. Demain, c'est le week-end et ma mère va venir me voir. Melly veut savoir s'il y aura d'autres gens.

Je pense à Mme Ho, enfermée toute la nuit dans sa salle de classe. Je l'imagine en train de s'égosiller pendant des heures avant de se résoudre à sortir par la fenêtre. J'espère qu'elle se mutilera bien les chevilles, comme moi le premier jour quand elle m'a forcée à rester pieds nus dans mes chaussures.

J'imagine sa tête et sa rage quand elle essaie en vain d'ouvrir la portière de sa voiture avec le double de

Doudou. Je l'imagine qui arrive chez elle le samedi au petit matin – privée de voiture, exténuée, trempée jusqu'aux os et dans l'impossibilité totale de venir nous embêter à la maison, mes parents et moi.

– Non, on sera juste en famille, je réponds à Melly. Avec Sarel en plus.

Mme Ho est désolée, mais elle a pris d'autres engagements.

FAIT AUTHENTIQUE
N° 6

Les gens ont peur d'un tas de trucs. Il y a ceux qui craignent l'altitude (acrophobie), ceux qui paniquent quand ils sont enfermés dans un lieu clos (claustrophobie), ceux qui n'aiment pas se faire dévisager par un canard (anatidaephobie) ou qui piquent une crise si le beurre de cacahouète leur colle au palais (arachibutyrophobie). Certaines personnes souffrent aussi de nomophobie : l'angoisse d'être séparé de son téléphone portable.

7

Avec Doudou, on passe tout le samedi matin à rendre la maison à peu près présentable. Il est important que maman voie qu'on se débrouille bien ; que Doudou subvient à mes besoins.

Doudou est l'image même du martyr.

– Courage, April ! Il faut qu'on se serre les coudes.

Je perds à pile ou face et j'hérite du nettoyage de la salle de bains. Doudou s'occupera de la cuisine. Armée de la brosse à dents de Doudou, je traque les résidus de peau et de poils agglutinés autour de la bonde du lavabo. Ensuite je fourre le linge sale dans des sacs-poubelles. Au total : trois grands sacs. Notre dernière visite à la laverie automatique date d'il y a deux semaines.

Doudou laisse les casseroles sales mariner dans l'évier et me prévient qu'il s'absente deux secondes, le temps d'aller faire quelques courses en prévision du déjeuner.

Reste à savoir lequel de nous deux devra se coltiner la vaisselle. Il démarre en trombe, oubliant les trois sacs de linge sur le trottoir.

Mon mot d'ordre du jour, c'est « retenue ». Je vais m'efforcer de réfréner mes envies, surtout celle d'arracher la perruque de Sarel et de l'étouffer avec. J'ai l'intention d'être un modèle de self-control, de tolérance et d'abnégation.

Doudou revient avec de la viande. De l'agneau qu'il a acheté à prix « massacré » à l'épicerie du coin.

– Et si tu faisais un curry ? me lance-t-il. Ce serait une bonne idée, non ?

Doudou adore les plats relevés. Ceux qui ramonent les sinus et font transpirer à grosses gouttes.

Pendant que j'émince les piments, Doudou continue à récurer la cuisine. Je ne lésine pas sur la quantité d'épices. (Sarel préfère le curry doux.)

Dix minutes plus tard, Doudou s'accorde une pause et goûte ma préparation...

– Pas assez fort, grogne-t-il.

À l'aide d'un couteau vengeur, il émince deux ou trois piments supplémentaires.

Maman et Sarel arrivent juste au moment où Doudou termine de ranger les chambres. Il était moins une – toutes les cochonneries qui traînaient par terre, dans la chambre de Doudou comme dans la mienne, ont fini dans le placard à balais –, mais la maison est nickel.

À présent, quelques mots sur ma mère. Elle s'appelle Glorette et travaille comme conseillère en communication, terme poli pour désigner une « sale manipulatrice » (c'est ainsi que Doudou considère le métier de sa femme).

Maman a le chic pour faire croire aux gens que, quand on n'a pas de quoi manger, c'est bon pour la ligne, et on participe activement à la lutte contre l'obésité. Que, quand on est soutien de famille et qu'on perd son boulot, on prend une retraite précoce mais bien méritée. Et quand il y a des centaines de morts sur les routes pendant le week-end de Pâques, c'est une grande victoire pour la sécurité routière. Ma mère trouve toujours le moyen de jongler avec les statistiques pour affirmer que le nombre des victimes est en baisse par rapport à l'année précédente.

Elle bosse dans une petite boîte de com à Pretoria. Son rôle consiste à transformer les échecs en succès, les tragédies en comédies. Une médiatrice de choc pour tous les charlatans de la planète qui passent leur temps à mentir et à tromper les citoyens. Ça, c'est la version de Doudou.

Quand elle entre dans la Boîte d'allumettes, maman me serre dans ses bras et me dit qu'elle m'aime plus que tout au monde. Doudou fait la moue devant Sarel, et Sarel serre la main de Doudou, qui est pleine de jus de piment. Sarel et moi, on ne se touche pas.

Parlons un peu de Sarel. L'info principale, c'est qu'il est le copain de ma mère, son chevalier servant, son admirateur, sa tendre moitié. Tous les termes qui décrivent le statut de cet homme me piquent l'intérieur de la bouche comme un essaim de guêpes – maman a tourné la page et refait sa vie alors que Doudou avait à peine fini de signer les papiers du divorce.

L'autre caractéristique importante de Sarel, c'est qu'il porte une perruque. Une perruque un poil plus foncée que le peu de cheveux qui lui restent. Je regarde la tignasse laineuse et luxuriante de Doudou, puis la touffe terne et inerte de Sarel, et, dans un vertueux effort de retenue, je m'assieds sur mes mains. Installée comme ça, impossible de faire ce qui me démange : arracher la perruque de Sarel.

Sarel est venu au volant d'une Mercedes. Il dit qu'il a laissé sa Porsche à Pretoria, dans son double garage. Frimeur ! Je réfrène l'envie de grincer : « Tu as eu quoi d'autre à Noël ? »

Sarel ajoute qu'il préfère afficher une certaine modestie dans le choix de ses bagnoles afin de ne pas encourager les voleurs.

La voiture qui occupe la seconde place du garage de Sarel, c'est la Polo de Doudou. Celle que maman a gardée, en plus de la télé et des plantes vertes. Et du téléphone portable qui est justement en train de sonner au fond de son sac…

– Allô ?… C'est Mme Mo, me chuchote maman deux secondes plus tard.

Mon criquet interne se met à striduler. J'imagine Mme Ho tomber du toit de l'école et se briser les reins. Je la vois déjà troquer sa Toyota Corolla contre un fauteuil roulant électrique.

J'essaie de juguler mon imagination galopante en préparant du thé…

– Elle ne vient pas ? dis-je en branchant la bouilloire.

Une foule de sentiments contradictoires défile sur l'écran de ma conscience : regret, soulagement, culpabilité. Comment ai-je pu être assez bête pour laisser à Mme Ho son portable ?

– Si, mais elle aura du retard, répond maman. Elle s'est retrouvée malencontreusement enfermée et maintenant elle n'arrive pas à ouvrir sa voiture.

Ensuite, maman m'informe qu'elle tient à avoir une « conversation » – synonyme de dispute – avec Doudou avant l'arrivée de Mme Mo.

J'emporte ma tasse de rooibos à l'autre bout de la cuisine et je me replonge dans *Tentation* tout en remuant le curry de temps à autre.

Sarel se cure le nez puis se frotte les yeux avec la main qui a serré les doigts copieusement pimentés de Doudou. Tout à coup il se tord de douleur et court à la salle de bains pour se rincer les yeux avant qu'ils n'explosent.

Toujours en pleine « conversation », maman fait mine de ne pas entendre les bruits dégueu qu'émet sa tendre moitié en se lavant les fosses nasales pour éliminer toute trace de jus de piment…

– May a maigri. Tu la nourris ?

– May a l'air fatiguée. Est-ce qu'elle a ses huit heures de sommeil ?

– May a des vêtements en piteux état. Tu ne lui en as pas acheté de neufs ?

Telle une mercenaire maniaque de la gâchette engagée dans un combat douteux, maman mitraille Doudou de questions. Doudou essaie d'esquiver les tirs et cherche désespérément des munitions. Il attrape le paquet de Texan Plains sur la table et s'en allume une sous le regard foudroyant de maman.

Ma mère déteste les fumeurs. Étant elle-même une ex-fumeuse, elle fait preuve d'une intolérance et d'une répugnance radicales envers tout ce qui contient du tabac et quiconque s'adonne à cette drogue.

Comme Doudou a l'air d'un ours blessé aux abois, je décide de laisser brûler le curry et je me joins à la « conversation ». Je dis à maman : rassure-toi, je n'arrête pas de manger ; si je suis maigre, c'est parce que je suis génétiquement programmée pour l'être, comme Doudou (et pas comme Sarel, qui est gras comme une tique gorgée de sang). Si j'ai l'air fatiguée, c'est parce que je travaille comme une dingue afin de donner le meilleur de moi-même dans mon nouveau collège, et si je suis habillée comme l'as de pique, c'est parce que Doudou a porté mes vêtements à la blanchisserie – chose qu'il fait trois fois par semaine afin que je sois sapée comme une gravure de mode tous les jours de la semaine. Je croise les doigts dans mon dos trois fois de suite en affirmant tout ça.

Doudou devient vert et se précipite dehors. Il revient avec un gros pli entre les sourcils. « Je les avais posés sur le trottoir. Tu ne les aurais pas… ? »

Il m'adresse un regard plein d'espoir.

Je réponds qu'ils étaient bien sur le trottoir la dernière fois que je les ai vus.

Maman dit qu'en arrivant, elle a aperçu un loqueteux partir en courant avec trois sacs-poubelles.

– Il y a un problème ? s'enquiert-elle.

Doudou et moi, on secoue la tête. C'est des choses qui arrivent. Inutile de pleurer sur le passé ni sur trois sacs de linge sale qui feront assurément le bonheur du clochard qui les a embarqués.

Le portable de maman sonne à nouveau.

– Et votre assurance auto ne peut rien faire ?

J'ai déjà deviné, mais maman m'explique quand même : Mme Mo n'a toujours pas réussi à ouvrir la voiture et son assureur ne veut pas lui envoyer de serrurier.

Doudou voit là une issue de secours et son visage s'éclaire. Il attrape les clés de sa dépanneuse et le sac de clés réservé à ce type d'urgence. Maman lui dit d'attendre Sarel, Mme Mo aura peut-être besoin d'un avocat, mais Sarel ne peut pas sortir de la salle de bains. Il a trouvé le moyen de s'enfermer et le voilà coincé. Traduction du regard que me jette ma mère : « Oh, non, May, pas encore cette vieille blague à la noix ! »

Désolée, mais il y a des limites à mon self-control. Je décide de faire profil bas et je m'échappe avec Doudou pendant que maman essaie de raisonner Sarel qui panique grave, vu qu'il est claustro. Comment j'aurais pu le savoir ? Maman ne me l'a dit qu'un milliard de fois.

J'attrape un parapluie et crie à maman de ne pas oublier de remuer le curry. Doudou et moi, on part à la rescousse de Mme Ho.

FAIT AUTHENTIQUE

N° 7

Pour éviter de pleurer en épluchant les oignons, il faut mâcher du chewing-gum.

Si on met des lunettes de piscine ou un masque, ça marche aussi.

8

Melly et moi, on flotte sur un matelas gonflable au milieu de sa piscine. On s'est toutes les deux tartinées de crème solaire.

Melly examine ma peau et me dit que c'est trop tard. La crème solaire, pour moi, c'est aussi utile qu'une paire d'écouteurs sans fil. Je suis métisse. Je mène une lutte perdue d'avance contre mon héritage génétique. Jamais je n'aurai le teint séduisant et yaourteux de Melly ou de Bella (ou d'Edward le vampire). Je balance Melly à l'eau et rame jusqu'au bord pendant qu'elle coule.

On s'allonge sur une serviette et, tandis qu'on absorbe tous les bienfaits du trou de la couche d'ozone, je raconte à Melly ma journée d'hier et le sauvetage de Mme Ho.

Avec Doudou, on est arrivés juste au moment où les pompiers s'apprêtaient à repartir. Ils avaient fini de remballer le harnais et la grande échelle avec laquelle ils comptaient évacuer Mme Ho (le gardien ne trouvait pas le double de la clé de la porte de la classe), ainsi que la hache qui avait finalement servi à défoncer ladite porte, vu que Mme Ho s'était déclarée membre des Acrophobes Anonymes.

Mme Ho était hystérique. Sa face de poupée pâle était striée de traînées noires à force d'avoir envoyé des signaux de fumée (elle n'a découvert son portable sous une pile de bouquins qu'à l'aube du samedi matin) et ses yeux se réduisaient à de fines, fines fentes. Des embryons de têtards.

Elle n'a fait preuve d'aucune retenue quand elle a vu débarquer Doudou au volant de sa dépanneuse. « Sale vautour ! » lui a-t-elle crié. Et puis elle m'a aperçue et s'est recroquevillée sur elle-même.

Melly me prend la main. Elle veut savoir pourquoi Mme Ho a traité Doudou de sale vautour. Drôle de façon de remercier son preux chevalier en armure étincelante, non ? Je lui raconte que Mme Ho était complètement déjantée à la suite de sa réclusion. Toute la journée elle s'est montrée odieuse avec ce pauvre Doudou. Ce manque de gratitude me scie.

En revanche, Doudou est resté d'un calme olympien. Très pro – en parfait accord avec la formation reçue chez Willie Cass. Comme la fois où un camion rempli de moutons en route pour l'abattoir s'est renversé sur la N21 et que les trois quarts des bêtes ont péri gratos sur le macadam. Après ça, Doudou n'a pas pu manger d'agneau pendant un mois.

Voyant que Doudou accompagnait Mme Ho jusqu'à sa voiture, j'ai foncé dans la salle de classe récupérer les clés dans le tiroir où je les avais cachées la veille (j'omets de dévoiler ce détail à Melly). Ensuite je les ai rejoints sur le parking.

« J'ai déjà essayé, j'ai déjà essayé, ça ne marche pas ! » tempêtait Mme Ho tout en trépignant devant Doudou qui s'évertuait à actionner la télécommande et à insérer en vain la clé dans la serrure.

Secouant la tête avec perplexité, Doudou s'est mis à fouiller dans son sac de clés de secours et a fini par en trouver deux correspondant à une Toyota Corolla. Comme Mme Ho a refusé de lui tenir le sac (étonnant de sa part, hein ?), c'est à moi qu'il l'a confié. Du coup, j'en ai profité pour glisser dedans les clés de voiture de Mme Ho – et celle de la classe par la même occasion. Ni vu ni connu, je t'embrouille. Il pleuvait des cordes, mais j'étais bien au sec sous le parapluie avec lequel j'abritais Doudou pendant qu'il s'acharnait sur la portière.

Finalement, il a renoncé. « Désolé, mais il va falloir que je vous remorque jusqu'au garage. »

Mme Ho l'a fusillé du regard. « Oh non, pas question ! Je ne tiens pas à revivre *ça*. »

Melly m'interrompt dans mon récit :

– Qu'est-ce qu'elle voulait dire ?

– Qu'elle ne voulait pas que Doudou remorque sa voiture, sans doute pour éviter de payer la facture. Les temps sont durs, tu sais. Les gens font tout pour éviter de débourser de l'argent...

– Non, c'est le « Je ne tiens pas à revivre ça » que j'ai pas compris, précise Melly.

Je lui dis :

– Un peu de patience, tu sauras tout en temps voulu. Et tu ferais bien de te remettre de la crème sur le ventre parce que, de là où je suis, je vois ta peau qui frôle la brûlure au troisième degré.

Toujours pro, Doudou a regardé Mme Ho sans se démonter. « Soyez raisonnable, lui a-t-il conseillé en lui posant la main sur l'épaule. Je vais remorquer votre voiture, et ensuite vous viendrez manger un bon curry chez moi. »

Mme Ho l'a de nouveau regardé, l'air de dire : plutôt crever de faim que de m'asseoir à la même table que vous. (« Drôle de réaction », commente Melly. Bien d'accord avec elle. Cette femme est total névrotique.) Elle a balayé la main de Doudou de son épaule, comme si c'était un cafard porteur de la grippe porcine.

Mais Doudou n'est pas du genre à se laisser facilement déstabiliser. Il a raconté à Mme Ho que maman était en train de mitonner un bon curry à la maison et qu'elle avait hâte de la voir pour parler d'April (May), comme convenu. Et aussi de libérer Sarel de la salle de bains où il s'était enfermé, allez savoir comment. En disant ça, Doudou m'a jeté un coup œil en coin. « Encore cette vieille blague à la noix », a-t-il murmuré avec une joie malicieuse.

Les yeux de Mme Ho ont disparu dans les plis de son visage avant de resurgir comme deux petits cornichons toxiques. Elle avait surpris nos regards de conspirateurs, et avant qu'elle ne lance : « Ça fait beaucoup de coïncidences à la fois », j'ai plongé la main dans le sac de Doudou et lui ai tendu les clés de voiture de Mme Ho.

Bingo !

– Waouh ! C'est fou. Quelle chance ! s'écrie Melly.

Oui, incroyable. Sauvée par le gong. Et Sarel aussi, qui a pu enfin s'évader par la fenêtre de la salle de bains après que maman a fait sauter les barres anti-cambriolage.

Doudou, toujours gentleman, a proposé à Mme Ho de l'escorter jusque chez elle au cas où elle aurait un problème en cours de route, mais Mme Ho a secoué la tête. Doudou a insisté : « Ça ne vous coûtera rien, c'est pour moi. Vous êtes en état de choc, c'est très imprudent de prendre le volant dans ces conditions. »

On a donc suivi Mme Ho qui zigzaguait comme une ivrogne ultra-imbibée.

– Elle avait bu ! Voilà pourquoi elle était totalement à côté de ses pompes. Ça explique tout, conclut Melly, à bout de souffle.

Je me tourne sur le ventre pour qu'elle ne voie pas la tête que je fais. Je ne veux pas qu'elle soit témoin du combat que se livrent mon cerveau gauche et mon cerveau droit. D'un côté je sais ce qui est mal, de l'autre côté je sens ce qui est bon pour moi et indispensable à ma survie face à Mme Ho.

Quand on est arrivés devant sa maison – une maison modeste au milieu de maisons beaucoup plus imposantes –, un gamin avec des béquilles s'est précipité aussi vite que possible vers le portail. Dès qu'il a aperçu la dépanneuse de Doudou, il s'est carrément décomposé. Comme si un camion de trente-cinq tonnes avait écrasé son père au moment où il allait partir en vacances au bord de la mer et que la dépanneuse de Willie Cass venait lui annoncer que sa mère était morte à son tour.

Melly s'exclame :

– C'est dingue que tu dises ça, c'est justement ce qui est arrivé à la famille de Mme Ho l'année dernière. Un accident affreux.

Je suis d'accord avec elle. C'est vraiment la journée des coïncidences.

Je roule sur le dos et j'essaie d'oublier l'expression de Mme Ho quand elle a rassuré le gamin en lui disant qu'elle était en vie et qu'elle se portait parfaitement bien. « C'est vrai, regarde : pas une seule égratignure ! » Elle a ajouté qu'elle ne le quitterait jamais et qu'elle l'aimait plus que tout au monde.

Mme Ho n'a même pas remercié Doudou. Elle est rentrée chez elle en poussant son fils devant elle et nous a crié qu'elle fixerait un nouveau rendez-vous la semaine prochaine afin de discuter de l'avenir d'April-May à Trinity College. Là-dessus, elle a claqué la porte à toute volée.

Quand on est rentrés chez nous, le curry avait brûlé et Sarel ressemblait à un phoque en manque d'oxygène. La respiration sifflante, il tournait autour de sa Mercedes – laquelle refusait bêtement et obstinément de s'ouvrir.

Entre-temps, maman avait succombé à ses vieux démons et fumait cigarette sur cigarette en attendant que Doudou arrive avec sa collection de clés de secours pour voir si l'une d'elles ferait l'affaire.

J'aurais pu m'en tenir là. Sortir la clé de voiture de Sarel et celle de la salle de bains (que j'avais cachées dans la réserve de piments de Doudou), tout avouer et faire mon *mea culpa*. Tourner le dos à ma mission d'empêcher Mme Ho de fourrer son nez dans ma vie.

Seulement voilà : le mauvais côté de mon cerveau est entré en jeu et a pris le dessus sur le bon côté. Pas question de laisser Mme Ho bousiller ma belle entente avec Doudou. Pas question qu'elle me renvoie dans cette école pourrie de Pretoria.

Maintenant je sais ce qu'Edward le vampire ressentait. Je sais qu'à cause de mes mauvaises actions j'irai en enfer de toute manière. Impossible de revenir en arrière.

J'ai laissé Doudou s'emmêler dans ses centaines de clés jusqu'à ce qu'il déclare forfait. Il a annoncé à Sarel qu'il allait être obligé de remorquer la Mercedes et qu'il s'occuperait de déverrouiller les portes dans les ateliers de Willie Cass. Maman et Sarel n'auraient qu'à rentrer à Pretoria en taxi.

Doudou a tendu la facture à Sarel et m'a adressé un petit clin d'œil, histoire qu'on se repaisse ensemble de la rage qui se lisait sur la figure de l'intrus à perruque.

Mais je n'arrivais pas à effacer de ma mémoire ce gamin aux béquilles, ni son expression d'horreur à la vue de la dépanneuse. Ni le visage de Mme Ho, qui exprimait clairement qu'elle me tenait pour responsable de tous ses ennuis. Elle savait que c'était moi la coupable. Et qu'entre nous deux la guerre était déclarée.

L'expérience m'a appris qu'il existe deux catégories d'élèves en ce bas monde.

Dans le premier groupe, il y a ceux qui croient que tout s'achète. On leur a dit dès leur naissance que le monde leur appartient et qu'ils n'ont nullement besoin de travailler. Les gens qui ne parlent pas ou qui ne s'habillent pas comme eux sont à ranger dans la catégorie des êtres inférieurs, tout juste bons à demeurer à leur place et à recevoir des coups de pied. Des élèves comme ça, j'en ai rencontré pas mal à Trinity College. Ils ne réfléchissent pas de la même façon que moi. Ceux-là, je sais les gérer.

Dans le second groupe, on trouve ceux qui pensent que l'argent n'achète pas tout. L'intelligence, par exemple. Ou bien des parents qui vivent ensemble et qui t'aiment plus que tout au monde. Ces élèves-là savent que tout ce qui a de la valeur doit s'acquérir honnêtement, et que quelqu'un qui n'a pas d'argent n'est pas forcément moche ou stupide. Mon amie Melly fait partie de cette catégorie. Je suis consciente que je ne peux pas rêver d'une meilleure amie qu'elle.

Et puis il y a Sebastian, unique en son genre. Quand je suis avec lui, je suis comme décérébrée.

9

Lundi. Je me prépare pour partir à la guerre. Mon armure est un peu légère. Doudou me dit en secouant la tête qu'il est vraiment, vraiment désolé, mais qu'à moins de retrouver la trace du clochard et de récupérer notre linge, il va falloir que je m'habille en civil en attendant qu'il puisse m'acheter un nouvel uniforme scolaire.

Histoire de vérifier, il secoue la boîte en fer contenant de l'argent liquide pour les mauvais jours et me regarde tristement. Il a beau faire très, très mauvais, la boîte est vide.

J'ouvre le placard à balais, où Doudou avait fourré mon sac bleu marine lors de notre grand nettoyage de printemps samedi dernier. Et puis, finalement, je le laisse là-dedans et je prends mon sac multicolore à la place. Quitte à subir le mortel courroux de Mme Ho, autant que ce soit avec panache.

Dans la banlieue est de Jozi, les feux sont en panne à tous les carrefours. Doudou me dépose à l'école avec une demi-heure de retard et s'en va rejoindre les autres vautours déjà perchés aux endroits stratégiques afin de tirer profit de l'impatience des automobilistes qui avancent, parechoc contre parechoc, tout en pestant contre cette maudite extinction des feux.

Je retrouve Melly devant l'entrée. Elle souffle comme un bœuf et stresse un max à l'idée d'arriver en retard. En sa qualité de déléguée de classe, elle doit absolument montrer le bon exemple.

Elle se frappe le front en voyant comment je suis habillée.

– Oh, non ! Je me suis trompée ! J'ai oublié que c'était le jour sans uniforme !

Elle ajoute qu'elle me trouve super avec mon jean et mon tee-shirt extralarge (dernier tee-shirt propre de Doudou).

Je lui réponds qu'elle ne s'est pas trompée du tout. En faisant du tri ce week-end, Doudou a par erreur donné mon uniforme scolaire aux pauvres. Voilà pourquoi je me retrouve avec ces fringues non réglementaires.

Melly me plaint. Et dit ensuite qu'il faut positiver : je vais avoir un uniforme tout neuf.

Vu l'état de nos finances, j'ai du mal à voir les choses sous cet angle. En revanche, je vois très bien Mme Ho dans le couloir, en train de distribuer des colles à tous les retardataires.

Elle regarde Melly d'un air consterné.

– Même toi ! Je suis vraiment déçue.

Melly devient rouge et, le souffle court, commence à parler du problème des feux, des embouteillages et tout et tout. Indifférente à ses lamentations, Mme Ho lui tend un billet de retenue. Elle conseille à Melly d'éviter les mauvaises influences qui risquent de la tirer vers le bas.

Sur ce, Mme Ho pose son regard sur moi et m'entraîne vers les Objets Trouvés. Après m'avoir fait revêtir le vieil uniforme crado de je ne sais qui, elle me tend un billet de retenue ainsi qu'un mot destiné à Doudou. Décidément, cette femme est tenace.

Les cours de la matinée n'en finissent pas. Vivement la pause. Assise seule au premier rang, je m'ennuie de Melly et de sa bruyante respiration. Je reste tête basse, plongée dans *Tentation*, tout en essayant d'ignorer les conversations autour de moi. Des conversations dont je suis le sujet numéro un.

– Elle porte la vieille jupe de Tiffney.

– Et le vieux pull de Damien.

Et ça rigole comme des babouins à propos des vieilles chaussettes de Britney et de ses champignons aux pieds. Ça ne m'amuse pas du tout.

Traite-moi d'antisociale, de distante, de sauvage, mais je me sens totalement différente de ces horribles filles. Un tas d'imbéciles dont les parents ont dû payer le prix fort pour les faire admettre à Trinity College. Des crétines qui croient que Marco Polo est le mec canon qui nage deux fois plus vite qu'elles à la piscine.

Je profite de la pause pour m'échapper dans la cour, le moral à zéro, espérant retrouver bientôt ma chère Melly. En attendant, je me cache près des toilettes des garçons, et c'est à ce moment-là que je l'aperçois. Et qu'il m'aperçoit.

Il lève un sourcil et courbe l'index. Pour me faire signe d'approcher. À moi. C'est Edward le vampire. Il a senti l'odeur de mon sang.

– Bella… dit-il.

– Bas', je susurre.

Je suis contente qu'il ne puisse pas lire dans mes pensées, car le méli-mélo de mots qui s'agitent sous mon crâne prouve que mon cerveau droit et mon cerveau gauche sont en pleine confusion.

Sebastian et ses amis jouent à je ne sais quoi tout en faisant tourner une cigarette. Il me propose une taffe que je refuse (poliment). L'échange des salives, ce n'est pas tellement mon truc. Il me demande si je veux jouer. Là, d'accord…

– C'est quoi, les règles ?

Selon Sebastian, les règles sont simples. D'ailleurs il n'aime pas les jeux compliqués. Mais il y a des risques. À ce jeu-là, on peut avoir mal, voire très mal. Un flot de sang me monte à la tête et noie les cris d'alarme de mon cerveau gauche. Je tiens absolument à participer.

Sebastian me prend une main. Les siennes sont chaudes, contrairement à celles d'Edward le vampire. Tout en continuant à tenir ma main face à lui, il me dit :

– Bella, tu as cinq secondes pour citer par ordre alphabétique des … (il marque un temps de réflexion) marques de voitures.

Au bout de mes cinq secondes, je commence :

– Audi, Bentley, Cadillac, Datsun…

Tandis que j'énumère tous les constructeurs que je connais (l'avantage d'avoir un père dans l'industrie automobile), Sebastian me gratte le dessus de la main, toujours au même endroit. L'ongle de son index est long et pointu, comme celui des guitaristes.

À côté de nous, deux garçons jouent de leur côté : noms de grandes sociétés cotées en Bourse. «ABSA, BIDVest…» L'avantage d'avoir des pères dans la finance.

Plus j'avancerai vite dans l'alphabet, moins Sebastian aura de temps pour me creuser un sillon dans la peau. Je termine sur « Zastava » avec un sourire triomphant. Le dos de ma main saigne. Je viens d'être marquée par Edward le vampire. Mon cerveau gauche hurle de douleur et me dit que j'ai perdu la boule.

– Tu es bonne… lâche Sebastian.

– Et toi, mauvais, j'enchaîne.

Il allume une autre cigarette et me la passe, juste au moment où j'entends dans mon dos un halètement familier. Melly.

– Tu fumes ! s'écrie-t-elle en me dévisageant avec effroi – on dirait maman quand elle regarde Doudou avec son faux air de fumeuse repentie.

Sebastian examine Melly comme s'il avait devant lui un morceau de viande fraîche. Il lui propose de jouer.

Melly secoue la tête. Oh non, elle connaît ce jeu. C'est stupide et dangereux. Il faut vraiment ne pas être sain d'esprit pour jouer à un truc aussi débile.

Melly quête mon approbation du regard. Puis ses yeux se posent sur ma main. Oh, non !

Sebastian traite Melly de dégonflée.

Melly proteste. Elle se tourne vers moi pour que je la soutienne, mais je me contente de fixer un point dans le vide, entre Sebastian et elle.

– Tu as la trouille ? je lui demande enfin.

Melly devient cramoisie et tend sa main à Sebastian, qui lui demande de citer des prénoms de fille – toujours par ordre alphabétique.

Sebastian a déjà enlevé un bout de peau à Melly, qui n'arrive pas à franchir le cap du A.

– April-May... April-May... April-May..., couine-t-elle, totalement pathétique.

Je me détourne. Pas question de l'aider. Il faut qu'elle passe à Bella. La cigarette se consume entre mes doigts et je m'arme de courage en laissant la cendre tomber sur mes chaussures.

Alors que l'ongle acéré de Sebastian continue de torturer la main de Melly, j'entends des pas s'approcher à une cadence militaire. *Tap-tap-tap*. Les garçons courent se réfugier dans les toilettes, nous laissant seules face à Mme Ho.

Traite-la de loyale, de chien fidèle, de tout ce que tu veux, mais au lieu de nous dénoncer, Sebastian et moi, Melly cache sa patte en sang derrière son dos et serre les dents comme un brave petit soldat.

Mme Ho m'arrache la cigarette des doigts et la massacre à coups de talon. *Tap-tap-tap*. Elle se lance ensuite dans une violente mise en garde contre les dangers du tabac. Et nous donne trois heures de colle. Et un mot pour nos parents. Motif : non-respect de l'interdiction de fumer au sein de l'établissement. Pour finir, elle me prend à part et dit :

– Je t'ai déjà surprise en train de sécher les cours.

Elle me plante son index sur le thorax...

– Maintenant je te surprends en train de fumer.

Faux. J'avais juste une clope à la main, je n'ai même pas tiré une bouffée. Mais à quoi bon me justifier ? Elle ne me croirait pas, et de toute façon je m'en fiche.

– Au troisième écart, tu es renvoyée.

Elle s'éloigne enfin.

Avant de retourner en classe avec Melly, je jette le mot, ainsi que les deux autres que Mme Ho m'a donnés ce matin, dans la poubelle de papier à recycler.

J'aperçois Sebastian dans la cour. Ses cheveux de bronze étincellent de mille diamants sous la pluie. Je croise son regard vert polaire, et il m'adresse un clin d'œil.

J'essaie d'ignorer les larmes qui ruissellent sur les joues de Melly. Je fais la sourde oreille quand elle me dit que Sebastian est un délinquant, un hooligan, un punk, un flemmard. Elle refuse de traîner avec lui et sa bande. Et je devrais en faire autant. Je ferais mieux de rester avec elle au lieu de m'acoquiner avec ce rebelle qui risque d'avoir une mauvaise influence sur moi et de me tirer vers le bas.

J'étais prête à prendre Melly dans mes bras, mais ces derniers mots font office de repoussoir. Ce matin, Mme Ho a employé exactement les mêmes. Venant de Melly, ils me font encore plus mal que les griffures de Sebastian sur le dos de ma main.

Melly insiste pour désinfecter ma plaie, mais je l'envoie bouler.

Le tandem April-May/Melly, c'est fini. À partir de maintenant, j'appartiens à Sebastian.

FAIT AUTHENTIQUE

N° 8

On a le poumon gauche plus petit que le poumon droit, de façon à laisser de la place au cœur.

10

Chaque matin je lis mon horoscope dans *The Times*, et Doudou décortique le bulletin météo. Lors du partage des biens, mes parents se sont aussi partagé le journal – ma mère a gardé le *Sunday Times* du week-end, et nous on a eu le quotidien gratuit qui allait avec l'abonnement.

L'horoscope du jour est un défi à mon cerveau droit passablement écervelé : *Efforcez-vous d'avoir l'esprit clair. Il va falloir prendre une décision et vous y tenir de façon à aller de l'avant dans l'existence. Les préjugés ont tendance à fausser votre instinct. Faites preuve de logique, vous vous en féliciterez plus tard.*

Doudou me dit que, d'après les prévisions météo, il y a vingt pour cent de chances qu'il pleuve aujourd'hui. Mais que ce n'est pas une raison pour tirer une mine de six pieds de long, car il a un plan pour se renflouer et m'acheter un uniforme digne de ce nom. Il ajoute qu'il a plus d'un tour dans son sac – et il ponctue ces paroles d'un regard espiègle.

Mon plan du jour, c'est de gruger Mme Ho. Depuis le début de la semaine, j'ai quasiment rempli la poubelle de papier à recycler avec les mots qu'elle a écrits à Doudou, mais je ne pense pas que j'arriverai à la tenir à distance encore longtemps, vu qu'elle avance sans relâche sur mon territoire.

L'avantage de venir d'un collège pourri, c'est que je sais comment gérer les profs coriaces (et les parents qui s'aiment encore sans le savoir, et les avocats gras du bide qui viennent s'interposer entre eux). Mais mon horoscope a raison. Ce n'est pas avec des ruses de gamine que je gagnerai la bataille contre Mme Ho. Seules une logique implacable et une stratégie mûrement élaborée m'assureront la victoire. Je dois tout mettre en œuvre pour que Mme Ho quitte Trinity College avec armes et bagages avant qu'elle me coince pour de bon et qu'elle me fasse renvoyer.

Dans une vieille bouteille vide, je glisse quelques cheveux de Mme Ho (délicatement prélevés hier sur le dossier de sa chaise), quelques peluches de son pull et le mouchoir en papier qu'elle avait jeté dans la corbeille. J'enterre le tout dans le jardin après avoir psalmodié quelques incantations.

Me voilà prête à livrer bataille. La sorcellerie devrait me faciliter la tâche.

Je me débrouille pour terminer la semaine en échappant aux tirs de mon ennemie. Le vendredi en fin d'après-midi, Melly me propose de venir passer le week-end chez elle. Je lui réponds froidement que j'ai d'autres projets. Il faut que je peaufine le plan qui changera le destin de Mme Ho.

Je fonce chez Willie Cass afin de m'y procurer les armes indispensables : une machine à écrire, un fax et un paquet de journaux comportant de nombreuses offres et demandes d'emploi. Sans oublier Sharleen, la secrétaire, qui boit des litres de café en attendant le retour des dépanneuses avec leur lot de voitures accidentées.

Sharleen travaille chez Willie Cass depuis vingt-sept ans. Elle dit que ses yeux ont vu des choses que seuls Dieu et ses anges devraient voir. Si jamais Doudou reste aussi longtemps qu'elle chez Willie Cass, nul doute que ses yeux à lui aussi perdront leur éclat face à la douleur et au malheur des gens qui ne respectent pas la priorité sur les routes.

Les yeux de Sharleen ressemblent à ceux des poissons qu'Ismaël nous rapporte de temps en temps. Froids, ternes et sans vie.

Je me plonge dans les journaux et commence à pianoter sur la machine à écrire. Sharleen me dit que ça ne sert à rien, qu'il n'y a pas de boulot. Pas dans le secteur qui intéresse Doudou. Qu'il faut que j'arrête d'envoyer son CV aux quatre coins du pays.

J'ai envie de traîner Sharleen devant la cour martiale pour minage de moral. Je lui rétorque que je bosse sur un exposé à la demande de ma prof préférée. Une fois n'est pas coutume, je ne suis pas venue pour essayer de dégoter à Doudou un super poste de journaliste. Je suis ici pour Mme Ho.

Je passe l'après-midi à répondre à des offres d'emploi au nom de Mme Ho. Je la déclare toute prête à assumer les fonctions de principale adjointe dans plusieurs établissements scolaires de Jozi, et même à se délocaliser au Cap ou à Bloemfontein. Après avoir épuisé toutes les places disponibles dans l'enseignement, elle et moi postulons pour des boulots de garde-chasse, de cuisinière et de surveillante dans un hôpital psychiatrique. Je tiens à ce que Mme Ho soit d'une grande flexibilité. Les temps sont durs sur le marché du travail.

Dans la case « contact », je communique le numéro de portable de Mme Ho à ses futurs employeurs. J'ai obtenu ledit numéro grâce à Sharleen, qui m'a appris que Mme Ho avait téléphoné sept fois dans la journée – et laissé ses coordonnées pour que Doudou la rappelle.

Je faxe les lettres de candidature de Mme Ho en buvant du Ricoré avec Sharleen et j'attends que Doudou revienne au bureau après avoir nettoyé tous les cadavres d'animaux écrabouillés sur la route de Soweto.

Doudou fait enfin son apparition. En voyant sa mine super réjouie, je lui demande si la journée a été riche en accidents. Non, pas de carambolages, pas d'ivrognes, pas de conducteurs mineurs causant des ravages sur l'autoroute. Il pose devant moi deux gros paquets provenant d'un revendeur d'uniformes.

Traite-moi de méfiante, de soupçonneuse et de trouillarde, mais, la dernière fois que j'ai secoué la boîte à sous des mauvais jours, ça sonnait aussi creux que sous le crâne de Paris Hilton. Sharleen fixe son regard de poisson mort sur les achats de Doudou, l'air aussi circonspect que moi.

Doudou secoue la tête avec véhémence. Non, il n'a rien volé, il n'a pas braqué de banque, il n'a pas mis au clou la dépanneuse de Willie Cass. Mon nouvel uniforme, il l'a acheté à crédit.

À crédit ! Qui dit crédit dit dettes. Je ne sais pas ce qui me retient d'assommer Doudou avec les deux gros sacs. Il ne lit donc jamais son horoscope ? Ce matin, il y avait écrit : *L'économie est la mère de toutes les vertus. Ne dépensez pas l'argent que vous n'avez pas. L'assouvissement immédiat des désirs est le père de tous les maux. Évitez le piège des dettes.*

Doudou prétend que c'est cool. Il a obtenu une nouvelle carte de crédit par le biais de son assurance maladie. Il ne remboursera que le mois prochain.

Il y a des gens qui collectionnent les timbres, d'autres, les mots des profs à leur père. Doudou, lui, collectionne les cartes de crédit. Et à la fin du mois il navigue sur ses dettes comme une barque qui prend l'eau.

Sharleen soupire et tend la main. Doudou fait signe que non et cache ses mains derrière son dos jusqu'à ce que Sharleen le harponne avec son regard de merlan frit. Elle s'empare de la carte de crédit de Doudou et la donne à manger à la déchiqueteuse...

– Tu rapportes tout ça au magasin demain, ordonne-t-elle. Pas de discussion.

J'essaie d'empêcher Doudou de jeter les billets de loto de Sharleen dans la déchiqueteuse quand Ismaël arrive avec un lourd chargement de fish and chips et une caisse de Fanta pour faire glisser le tout.

Il a une nouvelle sensationnelle à nous annoncer. Ce qu'il s'empresse de faire entre deux bouchées, tout en recrachant les arêtes de poisson sur le bureau de Sharleen.

Pendant qu'Ismaël parle, voilà soudain que je m'étrangle. Je refuse le Fanta qu'on me propose pour arrêter de tousser et je cours aux toilettes pour y déposer mon déjeuner.

Il y a plusieurs façons de gagner une guerre. La façon américaine, où on balance du napalm sur des villages sans défense et où on brûle toutes les récoltes afin que les civils meurent de faim (ou se résignent à manger de l'herbe pour survivre).

Et puis il y a la façon April-May February, qui prône le respect des règles. Notamment s'attaquer à un ennemi de force et de stature égales aux siennes, et le vaincre grâce à l'utilisation habile de son cerveau. Ce qui exclut d'enfoncer des aiguilles dans une vieille poupée Barbie et d'essayer de tuer sa prof avec des sortilèges et des incantations.

À mon retour des toilettes, Ismaël croit bon de raconter son histoire une seconde fois.

– Un camion de Fanta a percuté la voiture de ce prof.

Histoire d'illustrer la scène, Ismaël abat violemment sa main sur le bureau de Sharleen.

– Et paf ! En plein dans la barrière de sécurité de la R24 en direction d'Edenvale. Le macadam était inondé de Fanta. Un océan de sang orange !

Ismaël nous montre la caisse de Fanta qu'il a récupérée. Son butin, en quelque sorte.

– Ton prof n'est pas près de se repointer à l'école, précise-t-il en me regardant. Quant à sa bagnole...

Il tourne un pouce graisseux vers la Toyota Corolla qui pendouille piteusement à l'arrière de la dépanneuse.

Je n'entends pas la fin de l'histoire. Je suis de nouveau aux toilettes, la tête au-dessus de la cuvette.

Je voulais éjecter Mme Ho de ma vie. Je voulais qu'elle quitte Trinity College. Mais, que Dieu et ses anges me pardonnent, je n'ai jamais souhaité sa mort.

FAIT AUTHENTIQUE
N° 9

On peut faire une overdose de café. Il suffit de dix grammes de caféine d'un coup pour tuer quelqu'un, soit l'équivalent de quatre-vingts à cent tasses de café. Un peu difficile à réaliser.

11

Le lendemain, je vais traîner au parc en face du collège avec Sebastian et ses potes. Je ne sais pas ce que la journée me réserve, car on ne reçoit pas le journal le samedi. Mon avenir est une page blanche.

Ma tête, elle, n'est qu'un bloc de granit gris. Je vais sûrement aller en enfer avec Edward le vampire, sa médium de sœur, Alice, et toute la bande de *Tentation* pour avoir supprimé Mme Ho avec mes sortilèges sanguinaires. Il a beau faire doux à Jozi aujourd'hui, je suis transie de froid...

– Hé ! Relax, c'est le week-end ! me lance Sebastian. Tu as l'air tendue comme un arc.

Lui et sa bande ont allumé un feu. Ils ont trouvé trois sacs de fringues abandonnés par un SDF sous le trampoline, et les flammes sont magnifiques.

Je regarde mon vieil uniforme scolaire et la robe de chambre préférée de Doudou partir en fumée. Pour un peu, je m'immolerais avec eux. C'est aussi ce que semble penser le SDF qui, à son retour, contemple tristement le brasier d'enfer en train de dévorer ses précieuses trouvailles.

Sebastian et ses potes passent un bon moment à jouer sur leurs smartphones et à écouter de la musique sur leurs iPod.

Après avoir commandé des pizzas, ils s'amusent comme des fous sur les agrès et les balançoires. Ils vont aussi haut que possible, puis lâchent tout et se laissent tomber sur le ciment en hurlant comme des loups.

– Mortel !

Ils entretiennent le feu avec les cartons de pizza et commencent à jouer à celui qui gardera la main le plus longtemps au-dessus des flammes. Je gagne une ou deux parties contre Sebastian. J'ai intérêt à m'habituer à la chaleur si je dois aller en enfer.

– T'es brûlante, me dit Sebastian.

Je lui réponds que non, mais mes paumes sont rouges et couvertes de cloques. On dirait celles de Melly en cent fois pire.

Au bout de quelques heures de balançoire, de sauts dans le vide et de rôtissage de mains, je me sens assez héroïque pour affronter le monde à nouveau et je décide de rentrer chez moi.

J'abandonne Sebastian et sa bande à leur nouveau jeu – qui consiste à sauter du tape-cul à la dernière minute, le vainqueur se fracassant le coccyx en heurtant le sol – et je prends un taxi collectif surpeuplé (histoire de voir ce que le sort me réserve). On échappe de justesse à l'accident au moment où un Piper Cherokee heurte de plein fouet une camionnette sur le chemin de l'aéroport (par miracle, aucune victime).

J'arrive saine et sauve à la maison. Dans l'allée, il y a une Toyota Corolla garée à côté de la dépanneuse de Doudou. La voiture ne semble pas être entrée en collision avec un camion de Fanta. La carrosserie n'a pas une seule éraflure. Conclusion : j'ai dû mourir, et Mme Ho a roulé vers les portes du ciel pour rencontrer saint Pierre et lui demander de me réexpédier dans l'enfer d'une école pourrie, pendant qu'elle-même demeurerait avec la Trinité dans un collège baptisé Paradis.

Mais non. Mme Ho ne bavarde pas avec saint Pierre et son corps ne présente pas la moindre égratignure. Elle est assise dans ma cuisine et discute avec Doudou, qui est aussi rouge que mes paumes.

Je me pince le dos de la main, et l'angoisse manque de me coller au plafond quand je réalise que Mme Ho n'est pas morte. De plus, Doudou fume une Texan Plains, ce qui signifie que quelque chose ne tourne pas rond.

Je salue ma prof d'un signe de tête et effleure subrepticement l'arrière de son bras. Ce n'est pas un fantôme. C'est bien Mme Ho en chair et en os. Surtout en os…

– C'est vraiment terrible ! s'exclame Doudou. (Il se tourne vers moi.) Tu es au courant, April ?

– De quoi ? je demande.

Doudou m'explique que Mme Ho vient de lui apprendre qu'un professeur de Trinity College a été victime d'un accident avec un camion Fanta.

Je lui réponds que j'étais là quand Ismaël en a parlé hier...

– Pauvre vieux Ledoigt ! soupire Doudou.

– Ledoigt ?

Apparemment, M. Goosen roulait sur l'autoroute, une cigarette à la main, quand il a voulu doubler un taxi. Va savoir pourquoi, il a subitement oublié qu'il lui manquait un index ; il a cru actionner le clignotant, mais bien entendu il a raté la manette. Du coup, le camion lui est rentré dedans.

Mme Ho rassure Doudou : M. Goosen va bien. Il s'en tire avec deux doigts cassés à la main gauche et les trois quarts de l'index droit tranchés nets.

Doudou prend un air navré et commence à discourir sur le courage de M. Goosen, qui a déjà sacrifié un de ses doigts en affrontant un chien féroce pour sauver la vie de jumeaux nouveau-nés, et qui perd maintenant un autre doigt dans un bête accident de voiture.

Mme Ho regarde Doudou comme s'il était fou à lier, puis nous annonce qu'à la suite de ce fâcheux incident, M. Goosen a décidé de profiter de ses vieux jours et de prendre sa retraite immédiatement. Sitôt sorti de l'hôpital, il partira au volant de sa belle voiture neuve afin d'ouvrir un Bed & Breakfast à Clarens.

– Tu ne dis rien, remarque mon père. À quoi penses-tu ?

Je pense au fait que Ledoigt ne pointera plus jamais son majeur sur moi au moment de l'appel. Au lieu d'aller en cours d'histoire, je vais pouvoir lire Stephenie Meyer en toute tranquillité jusqu'à la fin du trimestre.

Mme Ho précise que je n'ai aucune de raison de m'inquiéter, elle assurera l'intérim de M. Goosen en attendant qu'on lui trouve un remplaçant.

Ismaël est vraiment trop nul de m'avoir induite en erreur. À cause des foutaises qu'il m'a racontées, de cette intox carrément criminelle, j'ai relâché ma vigilance et cru que j'étais débarrassée de Mme Ho. Rien que pour ça, il mériterait de recevoir mille coups de bâton et d'être plongé dans une cuve remplie d'huile de poisson bouillante.

Mme Ho consulte sa montre et précise qu'elle n'a pas beaucoup de temps.

– Si je suis passée, dit-elle à Doudou, c'est pour discuter de l'avenir d'April-May à Trinity College, étant donné que vous n'avez pas jugé bon de répondre à mes nombreux mots et appels.

Doudou se frotte les oreilles et me conseille de me faire toute petite. Je n'ai qu'à aller jouer dans le jardin avec le fils de Mme Ho.

Je laisse ma prof et mon père en tête à tête, sûre qu'ils sont déjà en train de conspirer pour me faire payer mes nombreux crimes : absentéisme, tabagisme, lecture de

Twilight pendant les cours, non-respect du port de l'uniforme… La liste est longue.

Le fils de Mme Ho s'appelle Sam. Sam tout court. Pas Sam-Sung ni Sam-Amuse, aucun de ces prénoms ridicules prouvant que M. et Mme Ho étaient en conflit dès le jour de sa naissance. Juste Sam Ho. Sept ans.

Son visage s'illumine en me voyant. Il me demande si je veux jouer avec lui.

Je n'ai aucune envie de m'amuser gentiment avec Juste-Sam Ho. J'hésite entre lui apprendre à fumer, à jouer au gratte-gratte-main ou à sauter en chute libre du haut de notre cerisier des Antilles. Finalement je lui propose de jouer à la marelle.

Sam Ho me montre ses béquilles en grimaçant.

– La vie est injuste, lui dis-je. Faudra t'y faire.

– Je vais être injustement avantagé… me fait-il remarquer.

– OK, on y va.

Je trace une marelle à la craie et lance un bouton dans la première case. Par politesse, je laisse Sam Ho jouer en premier, vu qu'il est l'invité. Je le regarde planter ses béquilles, s'élancer, glisser et bondir de case en case jusqu'à la dernière. Il pivote, recommence le même cirque en sens inverse et me dit :

– À toi.

Battue à plates coutures, je suggère la corde à sauter…

– Tu es sûre ? grogne Sam Ho en levant une béquille. Je vais être injustement handicapé.

– La vie n'est pas une tartine de miel. Arrête de te plaindre.

J'attache la corde autour du cerisier des Antilles et dis à Sam Ho de commencer. Je démarre en douceur. Sam Ho sautille sur place entre chaque tour de corde. J'accélère la cadence. Sam Ho suit le mouvement sans problème. J'accélère encore et encore. Sam Ho saute à la vitesse de la lumière, et je finis par avoir mal au bras.

C'est à moi. Sam Ho actionne la corde lentement et m'accorde une deuxième chance quand je m'emmêle les pattes au bout de six tours. Puis une troisième chance quand je trébuche au bout de deux tours. La quatrième fois, je m'étale dans les cerises pourries avant même que la corde arrive. Sam Ho me propose ses béquilles.

– Je crois que ta mère t'appelle, je lui rétorque.

Avec Doudou, on raccompagne nos invités jusqu'à la porte.

Ensuite Doudou me fait asseoir à la table de la cuisine. Je crains le pire. En plus, ce biathlon marelle et corde à sauter m'a carrément mise sur les rotules. Sans compter que je me suis fait battre par un éclopé de sept ans baptisé Sam Ho.

– Quand je pense qu'on t'a prise en train de fumer ! explose Doudou en allumant une cigarette avec la braise du mégot précédent.

Ses mains tremblent. Je sens qu'il est un peu en colère.

– Fumer ! répète-t-il en tirant comme une brute sur sa Texan Plains. C'est le dernier avertissement, April. Et Mme Ho m'a dit qu'elle ne voulait plus te voir arriver sans l'uniforme *réglementaire*.

Il pointe son doigt sur moi.

Je pointe mon doigt sur lui.

– Pas de problème, dis-je. Puisque tu m'en as acheté un, je suis parée.

Doudou fronce les sourcils et m'apprend que Sharleen a rapporté l'uniforme en question au magasin. Mais (grand sourire paternel) il a réussi à retrouver le vagabond d'hier et lui a offert sa robe de chambre favorite et quelques chemises en échange de mon uniforme, qu'il devrait nous rapporter d'une minute à l'autre.

La paume de mes mains se met à me démanger désagréablement tandis que je revois la robe de chambre de Doudou s'évanouir en fumée… et ma bourse pour Trinity College par la même occasion.

FAIT AUTHENTIQUE
N° 10

Loi de Murphy : « S'il existe au moins deux façons de faire quelque chose, et si l'une de ces deux façons peut entraîner une catastrophe, il se trouvera forcément quelqu'un pour la choisir. »

12

En ce lundi, Jonathan Cainer, rédacteur de l'horoscope du *Times,* m'incite à la prudence : *Vos pouvoirs magiques sont à leur maximum. Si vous faites un vœu, attention, il pourrait se réaliser.*

Je vais au fond du jardin et je déterre la bouteille renfermant des cheveux de Mme Ho. J'y ajoute le rouge à lèvres qu'elle a oublié chez nous samedi, un fil provenant des lacets de baskets de Sam Ho et son biscuit à moitié entamé. Ensuite, je place la bouteille dans un bocal rempli de fleurs, je déclame quelques incantations porte-bonheur en imposant les mains au-dessus de la bouteille, et j'accroche finalement le tout à une branche du cerisier des Antilles à l'aide d'une ficelle.

Je suis pleine de bienveillance envers Mme Ho. Je lui souhaite de tout cœur d'être admise comme principale adjointe dans une école du Cap, où les hivers sont pluvieux et les touristes allemands, nombreux à conduire du mauvais côté de la route en été[1].

Je souhaite aussi beaucoup de prospérité à Doudou, qui a regardé d'un air démoralisé mon uniforme des Objets Trouvés en me disant qu'il avait l'air d'une épave et que si jamais il remettait la main sur ce vagabond de malheur, il lui ferait regretter son insouciance de SDF.

Melly m'attend tout essoufflée devant le collège. Je tente de l'esquiver, mais elle m'attrape de sa main rose vif et me tend un paquet de vêtements...

– Tiens, c'est mon uniforme de l'an dernier.

Traite-moi de fière, d'arrogante, de crâneuse, de snob ou de ce que tu veux, mais il y a des choses que je n'accepte pas. Je dis à Melly qu'elle ferait mieux de donner ses vieux habits aux pauvres, ils en ont nettement plus besoin que moi. Je fais confiance au type de l'horoscope. Avant que Melly puisse articuler « charité pour les boursiers », je suis sûre que les dieux souriront à Mme Ho et qu'elle s'en ira prendre ses nouvelles fonctions au Cap. Je serai alors libre de m'habiller comme ça me chante jusqu'à la fin de mes jours. Je souhaite une bonne journée à Melly, et lui ordonne de dégager.

Melly me colle le paquet dans les bras et s'enfuit aussi vite que le lui permettent ses minuscules poumons. Après avoir fourré les vêtements au fond de mon sac bleu marine

---

1. En Afrique du Sud, on conduit à gauche, comme en Angleterre.

des Objets Trouvés, je vais rejoindre Sebastian en attendant la sonnerie.

On joue à gratte-gratte-main, et je réussis à citer tous les signes du zodiaque par ordre alphabétique sans qu'il m'écorche la peau.

– Tu es une sacrée sorcière, Bella, lâche Sebastian.

– Tu ne crois pas si bien dire, Bas'.

Je profite de mon bon horoscope du jour pour jeter des sorts à tous ceux que j'aime.

Je souhaite que maman et Sarel restent coincés dans un ascenseur et qu'ils décident au bout de trois jours de mettre fin à leur cohabitation.

Je souhaite que Doudou rencontre une gentille fille ayant atteint son objectif de poids, sachant récurer les casseroles et faire la lessive. Et aussi que Doudou ne veuille pas vivre avec elle et la considère comme son meilleur copain (après Ismaël).

Je souhaite une bonne centaine de fois que Mme Ho obtienne un poste de principale adjointe – à Jozi, au Cap ou à Bloemfontein (je ne suis pas tatillonne).

Je souhaite que Melly arrête de me lancer des regards implorants. Je ne suis pas disponible !

À l'heure de la pause, je zigzague autour du terrain de basket tout en traçant des signes kabbalistiques afin que les automobilistes de la N17 en direction de Springs soient particulièrement malchanceux aujourd'hui et que Doudou puisse m'acheter un smartphone et un iPod pour que je m'intègre à fond dans la bande trop cool de Sebastian.

Juste avant la sonnerie, je souhaite qu'un corbeau fonde sur Britney, Tiffney et Damien, leur arrache la langue et s'envole rejoindre Ledoigt à Clarens. Ces trois-là viennent de m'acculer dans un coin du terrain de basket pour s'adonner à leur sport préféré : persécuter la boursière...

– Mais c'est le pull de Damien ! Tu l'as volé, April-May !

– Et c'est les chaussettes de Britney, je les reconnais, April-May !

– C'est la robe de Tiffney, enlève-la, April-May !

Ils me traitent de grosse tête, de bosseuse, d'intellectuelle, d'Einstein – autant de gros mots qui qualifient une élève plus intelligente qu'eux. Et aussi plus rapide... parce que je réussis à m'enfermer dans les toilettes des filles avant que la bouillie visqueuse qu'ils ont entre les deux oreilles leur permette de s'apercevoir que je ne suis plus là.

Je me débarrasse des fringues des Objets Trouvés et j'enfile l'ancien uniforme de Melly, arrachant les étiquettes de prix dans la foulée. Quelle quiche, cette Melly ! Quand je pense qu'elle s'est promenée devant tout le monde, l'année dernière, avec les prix encore accrochés à ses vêtements. C'est alors que je réalise que les susdits vêtements ont une odeur de neuf.

Je souhaite de tout mon cœur déloyal que Melly guérisse de son apnée du sommeil et qu'elle apprenne à respirer par le nez comme tout le monde. Et aussi que ses mains trouvent assez d'oxygène pour reprendre une couleur normale.

Je vais jeter les sales habits des autres dans le coffre des Objets Trouvés et arrive en classe au moment où Mme Ho annonce une GRANDE nouvelle. Tant pis si j'en ai raté la moitié – mon horoscope et moi savons déjà de quoi il retourne.

Les élèves ne vont sûrement pas tarder à applaudir Mme Ho pour la promotion qu'elle vient d'obtenir au Cap. Personnellement, je lui souhaite bon voyage vers la capitale en compagnie de Juste-Sam Ho et des merveilleux souvenirs qu'elle gardera de Trinity College et de moi. Je n'émets que des pensées ultra-positives à son égard.

Mme Ho continue de discourir. Elle dit que c'est l'occasion de briller pour les aspirants écrivains. Elle me regarde, salue mon nouvel uniforme d'un signe de tête approbateur.

– Ravie de voir que tu as tourné la page, April-May.

J'ai envie de lui répondre : « Ravie de savoir que vous fichez le camp au Cap », mais ma bonne étoile me murmure : « *Chaque chose en son temps.* »

Toute la journée, j'essaie de maîtriser mon impatience et de garder confiance dans l'horoscope de Jonathan Cainer – un astrologue qui fait autorité dans toute la galaxie. Ce n'est ni un charlatan ni un colporteur de mensonges. Contrairement à maman.

Maman que je trouve assise avec Sarel et Doudou quand je rentre à la maison après les cours.

Doudou me jette un coup d'œil en biais et me dit que maman et Sarel ont une GRANDE nouvelle à m'annoncer. Je les regarde tous les deux et constate que leurs trois jours d'emprisonnement dans un ascenseur n'ont pas l'air de les avoir trop ébranlés.

– Je sais, je déclare avec compassion. Je l'avais prédit.

– Je ne pense pas que tu aies pu prédire ça, enchaîne ma mère en levant la main gauche pour me montrer sa bague.

Sarel précise que la véritable bague de fiançailles est enfermée dans son coffre, à Pretoria. Il préfère que maman porte un très modeste amas de diamants afin de ne pas tenter les voleurs et les pirates de la route.

Maman raconte que Sarel l'a demandée en mariage il y a trois jours, dans l'ascenseur d'un grand magasin.

– Il m'a complètement prise au dépourvu, ajoute-t-elle. Ça ne t'étonne pas, toi ?

Je réponds que je trouve ça magique.

Quand l'heureux couple se décide enfin à partir, Doudou et moi, on s'écroule sur la table de la cuisine autour d'un paquet de Texan Plains et d'un maxi pot de confiture. Pendant que je frôle l'overdose de glucose, Doudou assouvit ses besoins en substances cancérigènes – avec l'aimable autorisation de la prospère industrie du tabac.

Doudou me dit qu'il a passé une journée atroce.

– J'avais l'impression de subir l'influence de forces surnaturelles, précise-t-il.

Puis il se prend la tête à deux mains et m'apprend qu'il a fait de très bonnes affaires aujourd'hui. Il a gagné suffisamment pour acheter un iPod, un portable, un uniforme et de quoi manger jusqu'à la fin du mois.

Je remercie ma bonne étoile et Jonathan Cainer.

Pourtant, tout ça n'a pas l'air de le rendre très heureux. Ses yeux sont presque aussi vitreux que ceux de Sharleen. Parce que aujourd'hui, il a vu ce que seuls Dieu et ses anges devraient voir. Il ne sait pas combien de temps encore il sera capable de faire cet horrible, horrible boulot.

– Je croyais que je m'endurcirais, comme Ismaël et les autres. Mais j'ai l'impression de perdre mon âme un peu plus chaque jour.

Doudou va se coucher sans avoir touché à son assiette de nouilles. Mais toute la nuit je l'entends faire les cent pas en fumant des cigarettes à la chaîne et en piochant dans le pot de confiture.

J'ai envie de lui dire qu'il faut faire confiance aux étoiles.

Mme Ho va être mutée, et lui, il va rencontrer une nouvelle super copine qui viendra faire notre vaisselle et notre lessive.

Mais je n'arrive pas à dormir non plus. Sur tous les vœux que j'ai faits, deux se sont réalisés : maman et Sarel vont cesser de cohabiter pour régulariser leur situation (je n'ai peut-être pas été assez claire dans la formulation de mon souhait), et je vais bientôt avoir un portable.

Je ne comprends pas pourquoi on se sent si tristes, Doudou et moi.

FAIT AUTHENTIQUE N° 11

En 2002, le comédien britannique Dave Gorman a vécu quarante jours en suivant scrupuleusement les conseils de son horoscope, afin de savoir une fois pour toutes si l'astrologie était fiable ou pas.

C'est ainsi que l'horoscope un brin loufoque de Jonathan Cainer l'a conduit à se tenir debout sur une jambe à Covent Garden, le pied dans un seau d'eau, une mandarine dans une main et un bol de céréales dans l'autre, et à chanter God save the Queen *à l'envers, avec trois livres en équilibre sur la tête.*

13

Je me réveille fatiguée et vaseuse à cause du manque de sommeil.

Ma rue n'est pas la plus calme d'Afrique. Tous les matins, à trois heures, les deux chiens du voisin sortent en trombe pour s'amuser avec leur ami chien de la rue d'à côté. Ils se poursuivent en aboyant comme des fous pendant deux heures, sans se soucier des gens qui leur balancent des bouteilles en leur criant d'aller au diable.

À cinq heures du matin, le voisin d'en face déplace son combi garé devant l'entrée de son garage afin de sortir la voiture dont il se sert pour aller au travail. Après quoi il range le combi dans le garage. Le tuyau d'échappement du combi est percé, mais le type refuse de le faire réparer, sauf si c'est nous qui payons les frais. Il considère que ça nous apprendra à vouloir faire la grasse matinée et à paresser toute la journée.

Une demi-heure plus tard, les deux chiens se lancent dans un second marathon et pourchassent le livreur du *Times* tout le long de la rue dans l'espoir d'arracher un morceau de pneu de son vélo en guise de petit déjeuner.

Ensuite, Doudou tambourine à la porte de ma chambre et crie qu'il est temps de se lever et essaie de ne pas me faire rater l'heure de pointe s'il te plaît, April.

Doudou n'a pas l'air en meilleure forme que moi. Il n'a pratiquement pas fermé l'œil de la nuit à force de repenser à ces touristes allemands insensés qui roulaient à droite, ainsi qu'à ce car plein de jeunes qui s'en allaient à un tournoi de rugby... Il se frotte les yeux comme pour chasser ces visions de cauchemar et dit qu'il ne devrait pas me raconter des histoires pareilles, ça risque de me traumatiser.

Sur le chemin du collège, je rassure Doudou en lui affirmant que les choses vont s'arranger. Il a Ismaël et moi, et une nouvelle amie qui l'attend quelque part. À voir la tête de Doudou, je comprends que maman lui manque. Et maman est avec Sarel maintenant...

– Il faut vraiment, vraiment que je passe à autre chose, me dit-il.

Là-dessus, il me laisse devant la porte du collège.

Comme d'habitude, Melly m'attend. Et aussi Sam Ho, qui m'assure qu'il veut me revoir. Il s'imagine que je suis sa nouvelle meilleure amie. Je lui demande de dégager avec ses béquilles et de me laisser tranquille.

Je l'abandonne avec Melly. Ces deux-là sont faits pour s'entendre.

La journée s'annonce mal. On commence par deux heures de biologie (avec Mme Ho). Au programme : dissection d'une grenouille. On doit se mettre par deux et aller chercher une grenouille dans le frigo du labo. Melly me fait signe de sa main rose bonbon, mais je me livre à un rapide calcul : comme nous sommes vingt et un dans la classe, il y aura forcément un élève qui se retrouvera tout seul. Ce sera moi.

Melly fait équipe avec Damien, qui passe les deux heures de cours à lui glisser sa règle sous les fesses, alors elle crie et se fait gronder. Pendant ce temps, j'hérite de Mme Ho comme partenaire.

Elle me colle le scalpel dans les mains. Les directives que je reçois pour mutiler le batracien me donnent un aperçu du sadisme de cette femme : d'abord, éventrer la grenouille dans le but de compter ses cavités cardiaques (au nombre de trois) ; ensuite, lui trancher les paupières pour compter les membranes (au nombre de trois également), puis lui découper la patte gauche afin de mettre à nu et mesurer l'os de la cheville (long de trois centimètres).

Après ça, je propose à Mme Ho d'inverser les rôles : à moi de tenir la grenouille la tête en bas, à elle de jouer à la bouchère. Je lui suggère d'ouvrir la partie postérieure de l'animal afin de repérer sa queue (inexistante, seuls les têtards en ont une). Si les grenouilles avaient du sang, la paillasse du labo serait une grande mare rouge à la fin de notre expérience.

Après la bio, on a deux heures d'histoire (avec Mme Ho). La prof nous demande de rester en binômes et de camper les personnages de Paul Kruger et de son ennemi juré, Cecil John Rhodes, pendant la guerre des Boers[1]. Comme on ne change pas de partenaire, je me glisse dans la peau de Paul Kruger face à Mme Ho-Cecil John Rhodes pendant que Damien réussit à coincer Melly sous une table.

Mme Ho n'arrête pas de parler de la ruée vers l'or au Transvaal et du raid Jameson, mais j'ai une sérieuse longueur d'avance sur elle. Je suis déjà tellement loin que je m'imagine en exil à Clarens, au Bed & Breakfast de M. Goosen, en train de lui apprendre à tirer au fusil avec trois doigts et à faire sécher de la viande.

Mme Ho précise que j'ai bien été (enfin, Paul Kruger) exilé à Clarens, mais en Suisse (où je suis mort en 1904) et pas à Clarens en Afrique du Sud. Mme Ho perd un temps infini à ergoter sur la géographie, elle me rend folle. Encore un peu et elle va essayer de me faire croire que celui qui est assis à la droite du grand barbu, tout là-haut dans le ciel, est né à Bethléem, mais le village d'Afrique du Sud. Cette femme aura ma mort.

1. Guerre des Boers ou guerre du Transvaal : guerre menée par les descendants des colons néerlandais contre la suzeraineté anglaise (1899-1902).

Après la pause, deux heures d'anglais (avec Mme Ho). Ma seule consolation, c'est qu'à cette heure-ci, Mme Ho en a encore plus marre de moi que moi, d'elle. Une fois tous les élèves assis, elle leur demande de rédiger un essai pour le concours d'écriture.

C'était ça, la GRANDE nouvelle dont j'ai raté l'annonce hier. Le gagnant du concours rencontrera Stephenie Meyer en personne et passera une semaine à Forks (État de Washington), avec Edward le vampire.

Sujet de la rédaction : « Mon/ma meilleur(e) ami(e) ». Je sais que je vais gagner ce concours et rouler sous la pluie dans la voiture de Bella et me promener avec Alice la clairvoyante et le reste de la bande. Trop cool.

J'ai déjà pondu deux cents mots sur mon meilleur ami Sebastian, quand j'entends Melly haleter au-dessus de mon épaule. Elle veut me mesurer et vérifier la nuance de marron exacte de mes yeux, de sorte à me décrire aussi justement que possible dans son essai.

– Je suis occupée, je lui réponds...

– S'il te plaît !

– S'il te plaît, fiche-moi la paix ! J'essaie de me concentrer, là.

J'explique pourquoi Sebastian représente, à mes yeux, l'ami parfait. Il m'a appris à jouer à gratte-gratte-main et à fumer des Camel – je ne suis pas très douée, ça me rend les dents bizarres. Il faut que je m'améliore.

Ensuite je raconte que Sebastian me laisse les accompagner au parc, lui et ses potes. Il ne me charrie jamais trop sur le fait que je n'ai ni iPod ni smartphone. Alors que je suis en train de décrire comment il écrase un mégot de son pied nu – un truc de fou –, la cloche sonne. Je termine mon essai par une description des dents de Sebastian : émoussées, écartées, pour que Stephenie Meyer comprenne bien que ce n'est pas pour autant qu'il *n'*est *pas* un vampire.

Mme Ho nous informe qu'on aura le temps de finir la semaine prochaine et qu'elle soumettra ensuite notre prose au jury du concours. Moi, j'ai fini. Elle peut envoyer mon essai quand elle veut. (Si toutefois elle est encore là et pas en route vers un brillant avenir professionnel au Cap.)

Après les cours, je regarde Sebastian et ses potes, armés d'extincteurs, jouer à la guérilla dans la cour. Je me fais prendre dans un tir croisé une fois ou deux, mais ça m'est un peu égal.

Je repère Melly et Sam Ho qui se sont réfugiés sur le parking avec tous ceux que la guérilla amuse moyennement. Sebastian se fait ovationner par sa bande quand il coince Melly devant la boutique de bonbons. Sam Ho réussit à s'enfuir en clopinant avant d'être couvert de mousse à son tour.

Après toutes ces distractions, j'arrive d'excellente humeur à la maison. Doudou a l'air d'avoir meilleur moral, lui aussi. Et Mme Ho itou.

Ils sont tous les deux assis à la table de la cuisine.

– Regarde sur qui je suis tombé au coin de la rue ? me lance Doudou en se frottant les cheveux et en évitant mon regard, qui crie clairement : « Qu'est-ce qu'elle fabrique ici ? »

Mme Ho demande à Julian (alias Doudou) si elle peut avoir une autre tasse de rooibos, et Doudou bondit afin de mettre la bouilloire en marche pour Julia (alias Mme Ho). Doudou a les yeux brillants, plus du tout abattus et vitreux comme ceux de Sharleen.

J'adresse un bref signe de tête à ma prof, après quoi je vais inspecter l'état de nos casseroles. Alors qu'elles étaient sales, elles sont maintenant nettoyées, essuyées et soigneusement empilées.

J'ai un haut-le-cœur. De deux choses l'une : soit Doudou s'en est occupé, soit une autre paire de mains s'est activée au fond de notre évier. Je vais dans la salle de bains examiner le panier à linge sale. Soupir de soulagement : il est encore plein de chaussettes dépareillées appartenant à Doudou. Soit Doudou n'a pas pris le temps de s'en occuper, comme d'habitude, soit des mains intrusives ont fouillé dans le panier sans aller jusqu'au fond. Quoi qu'il en soit, je finirai bien par mettre fin à ces bêtises.

Doudou m'explique que Mme Ho et lui boivent au succès de Mme Ho, qui a appris une nouvelle formidable. Elle vient d'être nommée principale adjointe.

J'étreins Doudou, j'étreins Mme Ho et lui pince légèrement la nuque au passage tellement je suis excitée. Si Jonathan Cainer était là, je lui sauterais au cou aussi. Mes vœux ont été exaucés : Mme Ho et Sam Ho vont bientôt s'installer au Cap.

– Je sais que M. Goosen sera content pour moi. Et je suis très honorée qu'on me confie ce poste à Trinity College, sourit Mme Ho.

J'annonce que j'ai des choses à faire et je sors de la cuisine.

Je commence par déchirer le cahier où je collectionnais les paroles de sagesse de Jonathan Cainer. Ensuite, je brise la bouteille qui se balance joyeusement dans le cerisier des Antilles, avec tous les petits débris de vie de Mme Ho et de son fils qu'elle renferme.

Je pique une Texan Plains dans la boîte d'urgence. J'évalue mes chances de la fumer jusqu'au bout sans vomir. Comme je n'ai pas eu beaucoup de veine ces derniers temps, mieux vaut ne pas tenter le diable : je casse la cigarette en deux.

Doudou raccompagne Mme Ho à sa voiture, puis il vient me voir. Il me tend un paquet en annonçant que je suis désormais officiellement connectée. Grâce à ce téléphone, je vais pouvoir communiquer avec maman et mes amis sans avoir à traverser la rue en courant pour aller chez Mme Barnard. Doudou s'est aussi acheté un portable. Je peux l'appeler n'importe quand.

Son téléphone se met à sonner. Il répond. Ses yeux étincellent à l'écoute de la voix qui est à l'autre bout. Il dit qu'il a « hâte d'être à demain soir ».

Une fois l'appel terminé, Doudou m'informe qu'il compte aller au cinéma demain soir.

– On y va avec Ismaël ? je lui demande.

– Non, j'y vais avec Julia.

Donc sans moi. Juste Doudou et Mme Ho.

FAIT AUTHENTIQUE
N° 12

En cas de vomissement, les grenouilles régurgitent d'abord leur estomac, qui pend donc à l'extérieur de leur gueule. Elles se servent ensuite de leurs pattes de devant pour extraire tout le contenu gastrique, puis elles ravalent leur estomac.

14

Le mot d'ordre du jour, c'est « rabat-joie ». Traite-moi de méchante, de sorcière, de mauvaise perdante ou de n'importe quoi, je m'en fous, c'est ce que j'ai choisi d'être aujourd'hui.

Je suis d'une grande résistance et capable d'encaisser beaucoup de choses. Que Mme Ho devienne principale adjointe de Trinity College, qu'on me renvoie dans mon école pourrie à Pretoria et même que maman épouse cette sangsue de Sarel. Mais il y a un truc que je ne tolère pas : que Doudou et Mme Ho deviennent les meilleurs amis du monde (et qu'elle lave mes casseroles et les chaussettes sales de Doudou).

Doudou n'a pas l'air obsédé par sa sortie au cinéma avec Mme Ho. Il commence par nettoyer sa dépanneuse à fond, puis astique la carrosserie jusqu'à ce qu'il puisse compter ses dents en se regardant dedans. Mais plus l'heure du rendez-vous approche, plus il est sur les nerfs. Il passe des heures dans la salle de bains, se coupe en se rasant, change de chemise six fois de suite (et se sert de mon déo pour se parfumer le cou).

Pendant qu'il se fait beau, je m'active. J'avance d'une heure la pendule de la cuisine et crie à Doudou qu'il ferait mieux de se dépêcher, sinon il ne sera jamais prêt quand Mme Ho arrivera.

Doudou émerge de la salle de bains, jette un coup d'œil à la pendule et me dit qu'il a encore cinq minutes avant qu'elle passe le prendre. Il part se rebrosser les dents, puis vient s'asseoir à la table de la cuisine et casse en deux le reste des Texan Plains. Il paraît que Julia n'aime pas les fumeurs.

– Comme maman ? lui fais-je remarquer.

– Non, pas du tout comme ta mère, rétorque-t-il sans autre commentaire.

Doudou fixe la pendule, et son front se plisse peu à peu. Il lance un regard dehors – il ne pleut pas, visibilité parfaite sur les routes, pas d'accidents aujourd'hui.

Pendant le quart d'heure qui suit, Doudou se ronge les ongles. Il dit qu'il va téléphoner à Julia pour s'assurer que tout va bien. Elle a peut-être perdu notre adresse ?

Doudou part à la recherche de son nouveau portable. Introuvable. Et pour cause : une rabat-joie l'a enfoui dans le pot de piments. Doudou me demande de lui prêter mon téléphone. S'il te plaît !

L'air désolé, je secoue la tête :

– Plus de crédit.

Tout à coup, le portable de Doudou sonne et c'est la panique. Doudou tente de se diriger au son. Il finit par dénicher la cachette et me regarde avec consternation.

C'est Ismaël qui téléphone pour souhaiter bonne chance à Doudou pour ce soir.

– Non, elle n'est pas grosse, elle est parfaite, déclare Doudou avant d'écourter la conversation sous prétexte d'un appel urgent à passer.

Il compose le numéro de Mme Ho, mais cette dernière ne répond pas. Sans doute est-elle dans la salle de bains, en train de se faire belle pour lui. Doudou laisse un message, rappelle notre adresse et le trajet le plus commode. Il ajoute qu'il meurt d'impatience.

Pendant que Doudou va chercher son portefeuille, j'en profite pour mettre son portable sur « silencieux ». On ne veut plus être dérangés. Et, tant que j'y suis, je supprime le numéro de Mme Ho de la liste des contacts.

Alors que la trotteuse de la pendule continue de trotter, Doudou tourne comme un ours en cage. D'après l'heure de la cuisine, Mme Ho a une demi-heure de retard. D'après mes calculs à moi, elle devrait arriver dans une demi-heure.

Je prends pitié de Doudou et je lui dis que Mme Ho ne viendra certainement plus maintenant. Qu'à cela ne tienne, j'irai au ciné avec lui ! (Il faut absolument le faire sortir de la maison avant l'arrivée de Mme Ho.)

– Non, je préfère me coucher tôt, me répond-il.

C'est à ce moment-là que quelqu'un sonne à la porte. De toute évidence, Mme Ho bouillait d'impatience elle aussi.

Pendant que Doudou va lui ouvrir, je retire tout l'argent de son portefeuille et sa carte d'abonnement au cinéma. De loin, j'entends Mme Ho expliquer à Doudou qu'elle est confuse d'arriver si en avance, mais sa baby-sitter a un empêchement, et elle ne veut pas laisser Sam tout seul. Elle a essayé de le prévenir, mais ça ne répondait pas. Peut-être pourraient-ils aller au cinéma un autre soir ?

À côté d'elle, Sam Ho me fait signe avec une de ses béquilles.

Doudou regarde l'heure à la pendule de la cuisine, puis à la montre de Mme Ho, puis il se tourne vers moi avec un froncement de sourcils réprobateur. Il connaît, dit-il, une jeune fille très sérieuse qui sera ravie de tenir compagnie à Sam pendant que Julia et lui seront au cinéma.

– Qui ? s'enquiert Mme Ho.

Juste après, je la vois froncer les sourcils à son tour.

– Surtout, pas d'activités dangereuses ! me recommande-t-elle fermement.

Je la rassure. On ne sortira pas de la maison, on ne jouera ni à la marelle, ni à la corde, ni à quoi que ce soit où Sam Ho serait désavantagé. Simple question de fair-play.

Toujours aimable, je propose à Mme Ho d'aller se rafraîchir avant de partir, et je lui indique la salle de bains.

Doudou flaire le traquenard…

– Pas encore cette vieille blague à la noix, gronde-t-il.

Il presse Mme Ho de partir avant qu'elle ne se retrouve coincée par quelque fâcheux hasard de circonstances. Sur ce, ils abandonnent Sam Ho aux mains de la sorcière.

Sam Ho me demande immédiatement à quoi on joue…

– J'ai pas envie de jouer.

Il me traite de rabat-joie, je lui dis que c'est précisément ce que j'ai décidé d'être aujourd'hui. Un bonnet de nuit, un pisse-vinaigre.

J'encourage Sam Ho à se rendre utile et lui suggère de faire un peu de ménage. Après ça, je disparais dans ma chambre pour lire *Tentation*.

Une demi-heure plus tard, Ismaël arrive. Il a promis à Doudou de passer voir si tout allait bien. Il nous a apporté des plats chinois…

– Et le fish and chips, alors ?

Ismaël trouve qu'un peu de changement nous fera du bien. Comme Doudou, il faut savoir passer à autre chose.

Sam Ho frôle la crise cardiaque en voyant Ismaël. Ils se sont déjà rencontrés auparavant. Ismaël m'explique que, huit mois plus tôt, il a eu le plaisir de faire la connaissance de Mme Ho et de son fils sur la N3 en direction de Durban. Il serre la main de Sam Ho, lui assure qu'il est désolé pour la belle Audi – rien pu en tirer, une véritable épave. Il est aussi désolé pour Sam Ho, son dos, ses béquilles. Et pour le père de Sam Ho, bien sûr. Sam Ho se dit désolé lui aussi.

Ismaël nous laisse et nous mangeons chinois. Sam Ho fait une mauvaise réaction au glutamate de sodium et frôle une autre crise cardiaque, mais je le ranime en lui versant un seau d'eau froide sur la tête. À mon avis, ma carrière de baby-sitter est aussi mal partie que ma scolarité à Trinity College.

Sam Ho va s'allonger et je fais les cent pas. Je regarde l'heure. D'après mes calculs, le film doit être fini depuis deux heures. Ah non, Doudou n'a qu'une heure de retard – j'avais oublié de remettre la pendule à l'heure. Une question me taraude : que font-ils ?

Ils rentrent en catimini à minuit. Je les attends de pied ferme…

– Vous étiez où, bon sang ?

– Et toi, bon sang, qu'est-ce que tu fais debout à cette heure-ci ? riposte Doudou. Et rends-moi tout de suite mon argent et ma carte de ciné !

Il remballe Sam Ho et Mme Ho dans leur voiture, et je les vois se serrer la main. Puis Doudou se penche en avant et embrasse Mme Ho sur les deux joues, comme un personnage italien de cette pièce moisie écrite par un vieillard édenté.

À son retour, Doudou me trouve assise en train de pianoter sur la table de la cuisine.

– April, tu te conduis comme une sale gosse, me lance-t-il.

J'avoue que je suis mauvaise perdante.

Il me répond que ce n'est pas un jeu, que la question n'est pas de perdre ou de gagner. Et que je dois arrêter ces bêtises avant de me faire vraiment mal. Puis il me dit qu'il m'aime plus que tout au monde.

– Il faut que j'aille de l'avant, April, plaide-t-il en voulant me prendre dans ses bras.

Je le repousse.

– Est-ce que tu vas épouser Mme Ho ? je lui demande.

Doudou secoue la tête.

– Je ne tiens pas à aller aussi vite que ça, April. Mais Julia est la meilleure chose qui me soit arrivée depuis ta mère.

– Et maman, alors ?

– Elle a Sarel.

– Et toi, tu m'as, moi. Tu t'en souviens ?

Doudou affirme que Mme Ho et lui sont juste amis.

Je lui affirme qu'il y a des signes qui ne trompent pas. Il l'a embrassée sur la joue. Deux fois.

– Bon, je vais me coucher, conclut Doudou. Et, si tu n'es pas contente que j'aille de l'avant et que je me fasse de nouveaux amis, tu n'as qu'à retourner vivre chez ta mère et Sarel à Pretoria.

Et il s'enferme dans sa chambre en claquant la porte.

– D'accord, c'est ce que je vais faire, je lui crie en retour. Tu vas voir !

FAIT AUTHENTIQUE

N° 13

Une Chinoise est devenue sourde à la suite d'un baiser très passionné qui a fait baisser sa pression intra-buccale et causé la rupture des tympans.

15

Sans me vanter, je suis intelligente. D'une part parce que j'ai hérité d'un bon patrimoine génétique – un père brillant et une mère qui avait l'esprit vif, jusqu'à ce qu'elle se décide à épouser Sarel-la-Sangsue.

D'autre part, mon intelligence a pu s'épanouir grâce à mon environnement – en l'absence d'ordinateur, de télévision et de tous ces jouets qui vont avec des parents non séparés et bourrés de fric, j'ai le temps de lire beaucoup.

Je lis tout ce qui me tombe sous la main, c'est comme ça que j'ai appris énormément de choses en matière d'accidents. Sur la route, par exemple, la vitesse est l'une des principales causes de mortalité. Il existe en ce bas monde des gens qui tuent ceux qu'ils aiment ou bien des familles qui leur sont inconnues, tout ça parce qu'ils roulent trop vite. D'après Doudou, ces gens-là sont totalement comateux (avant comme après). Il suffit d'être un peu malin pour comprendre que, si tu rentres à fond de train dans un camion-citerne alors que tu es au volant d'une Mini, les dégâts seront plus sérieux que si tu avais conduit plus lentement. Une force exercée sur une masse, combinée à une vitesse élevée, égale un accident. C'est de la physique de base.

Il y a aussi ceux qui font des trucs dingues en voiture. Doudou m'a parlé d'une femme qui allait de Jozi à Pretoria. Tout en conduisant, la cigarette au bec, elle envoyait un texto à sa mère à Port Alfred, réglait le volume de la radio et se grattait le nez entre les deux. Elle n'a pas remarqué la Datsun qui arrivait au croisement, et dont la conductrice se maquillait dans le rétroviseur tout en bavardant au téléphone. Quand Doudou est arrivé sur les lieux, la femme ne l'a pas remarqué non plus.

D'après Doudou, les CT (conducteurs-texteurs) et les CB (conducteurs-buveurs) sont à mettre dans le même panier : tous des crétins. Ils provoquent des accidents qui ne devraient jamais arriver. Des trucs qui auraient pu être évités avec un minimum de bon sens et de prudence.

Comprendre ce qui est bête et ne pas se comporter bêtement, ce sont deux choses différentes. En ma qualité de fille intelligente, je devrais le savoir. Mais j'ai oublié mon cerveau dans la dépanneuse de Doudou en arrivant au collège ce matin.

Sebastian grelotte dans la cour, les yeux luisant de l'éclat noir de l'excitation. Il m'annonce qu'il a prévu un jeu génial pour après les cours. Un jeu dangereux. Où on risque de se blesser. Et de se faire renvoyer.

Comme j'ai l'intention de laisser Doudou à Mme Ho et d'aller vivre chez maman et Sarel à Pretoria, je dis à Sebastian que je n'ai pas peur d'être renvoyée.

– Tu es dingue, Bella, sourit-il.

Oui, dingue de lui.

Après les cours, donc, je rejoins Sebastian et ses copains dans la cour, sous la tour d'horloge. Ils ont enlevé leur cravate d'uniforme et discutent pour savoir lequel se lancera le premier. Ils ne me demandent pas mon avis. Je suis juste Bella-la-boursière, le petit satellite du chef de bande.

Le seul qui n'ait pas l'air d'avoir une trouille de tous les diables, c'est Sebastian. Les autres sont là, à hésiter et piétiner sur place. Du coup, je déclare que c'est moi qui irai en premier. Ils m'entourent, me claquent la main et me disent que je suis dingue. Je fais partie de leur tribu. Et ils se mettent à rire.

Grimper jusqu'au deuxième étage du collège, c'est pour moi un jeu d'enfant. Je m'agrippe au tuyau d'écoulement et je monte jusqu'à la corniche du premier, puis pareil pour gagner le deuxième étage. J'en profite pour regarder par la fenêtre de la classe de Mme Ho – on n'a toujours pas remplacé les barreaux que les pompiers ont arrachés avant qu'elle ne leur avoue qu'elle avait le vertige, il y a de ça deux semaines. J'aperçois Juste-Sam Ho, assis au bureau de sa mère, en train de jouer à la bataille avec Melly. Je ne leur fais pas signe.

Toujours grâce au tuyau, j'atteins le rebord supérieur et je me hisse sur le toit. Je suis la reine du palais !

Je contemple les élèves dans la cour, loin en dessous, et je m'arme de courage pour l'étape suivante.

Escalader la tour d'horloge, c'est une autre histoire. Je grimpe en m'accrochant à la bougainvillée – aïe ! – et ensuite je m'élance sur une étroite corniche.

Une fois mon équilibre rétabli, je lève les yeux – surtout ne pas regarder en bas, sinon c'est la cata – et j'aperçois le haut du mât du drapeau. Je lance ma cravate, façon lasso. La troisième tentative est la bonne.

Mission accomplie. Je redescends, laissant une bonne portion de mon matériel génétique sur les tuyaux et les gouttières.

Sebastian et ses potes m'attendent en bas. Ils inspectent mes mains, mes genoux, et les balafres que m'ont infligées les épines de bougainvillée.

– Mortel ! hurlent-ils. À qui le tour ?

Sebastian et moi, on se regarde. Il sait que c'est à lui de se lancer mais il a l'air moins fanfaron, tout d'un coup.

Il suit le même chemin que moi – le long du tuyau d'écoulement, jusqu'au premier, puis jusqu'au deuxième. Arrivé au niveau de la salle de Mme Ho, Sebastian ne fait pas signe à Sam Ho et Melly non plus. On le sent hésiter. Il a l'air d'avoir envie d'entrer par la fenêtre et d'en rester là.

Mais on l'encourage à grands cris pour qu'il poursuive son ascension. Au bout de quelques mètres, le tuyau commence à se détacher du mur, mais Sebastian, trop agile, saute juste à temps sur la corniche. C'est alors qu'il commet une grave erreur : il regarde en bas. Il vacille, puis baisse à nouveau les yeux. Je crois que je vais vomir. Sebastian n'en mène pas large. Je lui crie de toutes mes forces :

– En l'air, Bas', regarde en l'air !

Il faudrait qu'il se hisse sur le toit, mais il jette encore un coup d'œil en bas et perd l'équilibre.

Il glisse de la corniche et dégringole le long du tuyau tordu. Ses mains battent l'air, j'entends son pantalon se déchirer au moment où il se cogne sur le rebord de la fenêtre de Mme Ho. Sebastian parvient miraculeusement à s'y agripper, et ses jambes heurtent violemment le mur. Sa vie ne tient qu'à un fil.

En moins de temps qu'il ne faut pour dire «Tiens bon ! », tout le monde se masse autour de nous, moi et ma bande, et se met à crier sous la fenêtre. Y compris Mme Ho. Elle s'extrait de la foule et s'avance, blanche comme un membre des Acrophobes Anonymes.

On regarde Sebastian, accroché au rebord du bout des doigts. Et puis on tourne la tête vers Melly et Sam Ho qui se penchent par la fenêtre de la classe de Mme Ho, curieux de voir ce qui se passe de si excitant.

Sebastian n'a pas la force de se hisser sur le rebord, ses pieds ne trouvent aucune prise. Je me dis qu'à moins d'être super chanceux, Sebastian va marcher avec des béquilles pendant les dix années à venir.

En parlant de béquilles, j'en aperçois soudain une qui sort de la fenêtre. Tandis que Sam Ho la tient par la taille, Melly se penche vers Sebastian en lui tendant ladite béquille.

Je crie :

– Attrape-la, Bas', serre fort !

Sebastian se lâche d'une main pour saisir la béquille, qu'il attrape juste après avec l'autre main.

Melly a beau résister, elle a déjà la moitié du corps à l'extérieur. Elle suffoque, son visage bleuit sous l'effort.

C'est alors que je vois défiler mes trois dernières semaines à Trinity College : Melly, tout essoufflée, qui se présente à moi le premier jour. Melly qui se peint les ongles au Tipp-Ex pendant que Ledoigt déserte la classe. Melly qui tape ma dissertation-punition, qui recouvre mes livres, qui m'offre *Tentation* pour me consoler de l'engueulade de Mme Ho, un jour où j'avais séché.

Je revois Melly qui me laisse gonfler des ballons avec sa bouteille d'oxygène, qui se fait rôtir au soleil sur le matelas pneumatique et m'achète un uniforme neuf – dont la cravate flotte fièrement en haut du mât, signant clairement mon expulsion de Trinity College.

Je revois Melly qui m'attend chaque matin devant la porte du collège, et moi qui passe devant elle sans lui accorder un regard, trop impatiente de rejoindre Sebastian.

Je hurle :

– Tiens bon, Sam Ho ! Tiens bon, Melly !

À présent, Melly a les trois quarts du corps dans le vide, et Sam Ho ressemble à Jacob le loup-garou dans *Tentation*. Il fait tellement d'efforts pour retenir Melly qu'il semble à deux doigts d'exploser.

Je revois le visage de Melly, devant les toilettes des garçons, pendant que Sebastian creuse un trou dans sa main rose vif ; je l'entends me supplier d'intervenir pour qu'il arrête. J'imagine la Mini heurtant de plein fouet un camion-citerne lancé à vive allure. Je sais qu'il faut faire un choix. Il n'y en a qu'un seul qui doit tomber.

Je prends la décision.

– Lâche tout, Melly ! Lâche Sebastian, je t'en supplie !

Melly me regarde, stupéfaite. Elle n'en revient pas que je préfère que ce soit elle qui reste en vie. Elle tient toujours la béquille fermement.

Soudain, Sam Ho desserre sa prise, et Sebastian entraîne Melly dans sa chute.

FAIT AUTHENTIQUE

N° 14

À New York, sauter du haut d'un building est passible de la peine de mort. Mais, selon un projet de loi, ceux qui se jetteraient sans autorisation d'un bâtiment haut de quinze mètres ou plus s'exposeraient à une peine d'un an de prison et une amende de mille dollars.

16

Je me balance le plus haut possible dans le parc. Mais j'ai beau essayer, je n'arrive pas à avoir assez de recul pour m'écraser sur le béton en dessous.

Hier, Sebastian et Melly sont tombés du deuxième étage du collège. Deux élèves de masse moyenne dégringolant à grande vitesse, accélérée en outre par la gravitation.

Le SDF m'observe de son coin, près du trampoline.

– T'as pas l'air très gaie, aujourd'hui, me lance-t-il. Et tes poteaux, ils sont où ?

Je lui réponds que Melly est à l'hôpital avec une commotion cérébrale et une cheville foulée. Pendant son séjour là-bas, ils vont lui faire des examens pour essayer de trouver pourquoi elle respire la bouche ouverte et souffre d'apnée du sommeil.

– Et l'autre fou ? reprend le sans-abri. Le gars aux cheveux orange ?

Je lui dis qu'il est à l'hôpital, lui aussi, avec un fémur en mille morceaux d'un côté et une cheville cassée de l'autre.

– Alors qu'est-ce que tu fiches ici ? poursuit l'homme. Pourquoi t'es pas à l'hôpital auprès des copains ?

Il avise mon uniforme et ajoute :

– Et puisque t'es pas là-bas, pourquoi t'es pas à l'école ?

Je lui explique que j'ai traité ma meilleure amie comme une sous-crotte, et qu'à cause de mes idioties, elle est tombée par la fenêtre. J'ai honte. Horriblement honte. Melly doit me haïr autant que je me hais moi-même.

C'est bizarre de parler avec ce SDF qui sirote sa bouteille de jus de raisin puant. Je ne sais pas ce qu'il comprend au juste, mais de fil en aiguille je finis par lui raconter toute l'histoire.

Je lui avoue que je suis partie du mauvais pied avec Mme Ho dès le premier jour dans ce super collège qui était tout nouveau pour moi. Ensuite, j'ai commencé à avoir de mauvaises fréquentations qui m'ont tirée vers le bas. Moralité : on va sans doute me supprimer ma bourse et me renvoyer pour avoir décoré le mât du drapeau avec ma cravate.

Je lui raconte aussi que Doudou a perdu son emploi au journal l'année dernière, que son boulot de conducteur de dépanneuse est un enfer (on y voit des choses que seuls Dieu et ses anges devraient voir), et qu'il risque d'y perdre son âme et d'avoir des yeux de poisson comme

Sharleen. En plus, il a une nouvelle amie dénommée Julia. Tous deux sont cent pour cent contents que je retourne habiter à Pretoria chez ma mère et Sarel-la-Sangsue, et que je réintègre un collège pourri par la même occasion.

Je donne une carte de Willie Cass au SDF, au cas où il aurait la chance de devenir propriétaire d'une voiture et la malchance de déraper sur l'autoroute.

L'homme me dit que les gens font des bêtises, parfois. De grosses bêtises. Ils conduisent en état d'ivresse, tuent leurs enfants, puis ils s'effondrent et finissent par vivre dans un parc et se noyer dans l'alcool. Là-dessus, il s'écrie : « À ta santé ! » et avale une gorgée.

Je lui propose un petit pain au salami. Il me répond que les gens font parfois une fausse manœuvre, qu'ils éraflent l'avant de leur voiture et récoltent une amende pour manque d'attention.

– Il suffit souvent de ralentir et de changer de direction, ajoute-t-il.

Je lui réplique que c'est trop tard. J'ai perdu ma bourse et ma meilleure amie Melly.

Selon lui, il n'est jamais trop tard pour choisir la bonne voie.

– Sers-toi de ta cervelle, ma petite, continue-t-il. Accroche ta ceinture et vas-y !

À mon arrivée, je trouve ma mère et Sarel à la maison. J'informe maman que je vais préparer mes bagages.

J'ai fichu en l'air ma bourse et ma meilleure amie Melly, je retourne vivre à Pretoria avec elle.

– Mais que se passe-t-il à la fin, May ? s'étonne maman.

Elle et Sarel sont juste passés en coup de vent pour m'offrir un cadeau. Un iPod. Sarel précise que c'est le modèle de base et qu'il y en a un autre beaucoup plus cher qui m'attend lors de ma prochaine visite à Pretoria.

– Alors je vais laisser le basique ici, dis-je, parce que je rentre avec vous tout de suite.

– Mais que se passe-t-il à la fin, May ? répète maman.

Je lui raconte tout du début à la fin pendant que Sarel va se laver les mains, laissant la porte de la salle de bains grande ouverte par mesure de sécurité.

Maman secoue la tête et me dit que, dans son métier, elle ment en permanence pour rassurer les gens. Et qu'il y aurait cent façons de tricoter un baratin pour me remonter le moral. Mais, là, autant regarder la vérité en face : j'ai fait un beau gâchis.

– Arrête de te conduire comme une sotte et donne le meilleur de toi-même, May, m'ordonne-t-elle.

Je rétorque que rien ne me rendra ma bourse. Inutile de consulter Alice, la diseuse de bonne aventure dans *Twilight*, ou Jonathan Cainer, le spécialiste des étoiles, pour savoir qu'il n'y a plus rien à tenter – c'est fichu.

– Écoute, ce qui est fait est fait, déclare maman. Tu ne peux rien pour ta bourse, d'accord, mais tu peux te rattraper auprès de Melly, cela renforcera votre amitié.

– Facile à dire ! Comment tu veux que je m'y prenne ? Melly me déteste.

– Tu es une fille intelligente, May, tu trouveras bien quelque chose.

Sarel et maman s'en vont et, une fois n'est pas coutume, j'essaie de faire collaborer mon cerveau droit et mon cerveau gauche. Je commence par écrire une lettre à Doudou, où je dis que je suis désolée pour ce gâchis. J'en écris une autre à Mme Ho, où j'affirme que je ne lui en veux pas de me réexpédier dans mon collège moisi, elle n'a qu'à donner ma bourse à un des deux cent cinquante-neuf élèves qui la méritent.

Pour finir, j'écris une lettre à Melly. Je lui assure qu'on ne peut pas rêver de meilleure amie qu'elle. Que j'admire sa loyauté et que je la remercie de ne pas m'avoir laissée tomber quand j'étais sous l'emprise de Sebastian. Je la trouve courageuse, intelligente, généreuse. Je lui dis même que j'aime bien sa façon de me souffler dessus quand elle respire. J'ajoute que ses mains rose vif sont très originales.

Une fois la lettre glissée dans une enveloppe adressée à *Melly, ma meilleure amie,* je file faire mes bagages et saute dans un taxi pour Pretoria.

Le lendemain, maman me ramène à Jozi. Elle me dit que la fuite n'est jamais une solution.

– Et, crois-moi, je sais de quoi je parle, précise-t-elle.

La dépanneuse est devant la maison, à côté de la Toyota Corolla. Maman se gare dans la rue et me demande d'y aller, elle a un petit coup de téléphone à donner. Ma mine affolée ne l'attendrit nullement.

– Allez, ouste ! me lance-t-elle. Un peu de courage, je te rejoins dans deux secondes.

Doudou est assis à la table de la cuisine. Ses cheveux sont en bataille et il en est à sa troisième tasse de rooibos (mais aucune Texan Plains en vue).

Je m'assieds, et Doudou m'apprend que tout n'est pas perdu. Le conseil scolaire se réunit demain pour discuter de ma bourse, mais une ou deux personnes sont prêtes à parler en ma faveur. Mme Ho lève la tête de la casserole qu'elle est en train de récurer et m'informe qu'elle en fait partie. Et puis il y a Sam Ho, Doudou et Melly. Le tableau n'est pas aussi noir qu'il paraît.

Doudou m'annonce qu'il va effectuer un demi-tour pour se sortir du cul-de-sac où il est coincé depuis trois mois. Il a reçu l'appel d'un homme qu'il a rencontré chez Willie Cass et qui lui propose un poste de gestionnaire des stocks dans une agence de voyages. Il débutera sans doute au bas de l'échelle, mais au moins il ira dans la bonne direction.

– Et tu n'y perdras pas ton âme, je souligne.

Cerise sur le gâteau : son emploi du temps ne sera pas trop chargé et, comme les horaires sont décalés, il évitera les embouteillages.

Je demande à Doudou le nom de cette agence de voyages. « Fosses et Fils », me répond-il.

Autrement dit, une entreprise de pompes funèbres.

Maman entre et surprend notre conversation.

– Sale croque-mort, marmonne-t-elle entre ses dents.

Elle détaille Mme Ho de la tête aux pieds. Doudou fait les présentations. Mme Ho toise maman de la tête aux pieds. Tandis qu'elles se flairent mutuellement, j'annonce qu'il faut que j'aille prendre l'air dans le jardin.

Sam Ho et Melly jouent à la marelle. Melly donne du fil à retordre à Sam Ho – elle se débrouille comme un chef avec ses béquilles. Je les regarde en douce pendant un moment. Quand elle m'aperçoit, Melly me propose de jouer avec eux.

– C'est dangereux ? Il risque d'y avoir du sang ? je demande.

– Non, mais c'est amusant.

J'hésite. Est-ce qu'elle veut vraiment que je joue ? Melly m'affirme que oui. Mme Ho lui a donné une copie de l'essai que j'ai écrit avant de partir à Pretoria : *Ma meilleure amie, Melly*. Mme Ho va le présenter au concours d'écriture.

– Sauf que bientôt je n'aurai plus les mains rose vif, déclare Melly. Quand ils m'auront réparé les poumons, je serai moins originale.

Je lui rétorque que je prendrai sa bouteille d'oxygène à titre de compensation.

Melly est sûre et certaine que je vais gagner le concours. Elle me voit déjà à Forks, État de Washington, en compagnie de Stephenie Meyer et d'Edward le vampire.

Je lui dis que je me fiche de ce concours. Et de Stephenie Meyer. Et de Bella ou d'Edward. Et même de Sebastian. Melly est la meilleure amie dont on puisse rêver, mains roses ou pas.

– Tu es sérieuse ? me demande-t-elle.

– Oui.

On se met à jouer. Melly me prête ses béquilles. Mais j'ai l'impression d'avoir déjà gagné.

L'expérience m'a appris qu'il existe deux catégories de familles en ce bas monde.

Dans le premier groupe, on trouve des parents qui s'aiment et aiment leurs enfants plus que tout au monde. Ils vivent ensemble et se tapent mutuellement sur les nerfs. Parfois ils se disputent, puis ils se réconcilient et s'efforcent autant que possible de maintenir une bonne entente. Quand l'un a des ennuis, toute la famille se serre les coudes et se mobilise à cent pour cent pour arranger le problème. Des familles comme on en trouve dans les livres, quoi. La mienne n'en fait pas partie.

Dans le second groupe, il y a des parents qui s'entendent bien au départ, mais la situation se gâte et ils se séparent. Et te voilà séparée en deux, toi aussi. Tu vis avec ton père pendant que ta mère tourne la page et s'installe à Pretoria avec Sarel. Quand tu as des ennuis, un paquet de gens font front commun. Peu importe que tu aies un lien génétique ou de sang avec eux, ils te soutiennent à cent pour cent. Et ils arrivent à convaincre le conseil scolaire de te laisser une seconde chance.

Ces personnes m'ont acceptée. Ensemble, on forme une sorte de famille. Différente, mais à moi.

C'est Doudou et Sam Ho. Et Melly, Mme Ho et moi.

Remerciements

Je tiens à remercier les éditions Hot Key pour leur chaleureux accueil et leur compétence professionnelle ; Tina Betts, James Woodhouse et Renee Naude pour avoir aidé à la naissance de ce livre. Sans oublier Mike, Emily, Sophie et Jack, qui y ont largement contribué à leur façon. Tous mes remerciements vont également aux professeurs que j'ai eu l'occasion de rencontrer, ainsi qu'à ceux que je ne connaîtrai jamais, qui font un travail formidable et souvent bien davantage.

Retrouve April-May dans

LA VIE (TROP) COMPLIQUÉE D'APRIL-MAY

La huitième histoire

Il n'existe que sept sortes d'histoires, dit-on.

Tu as la tragédie, où tout se termine mal ; la comédie, où tout finit bien ; l'histoire où le héros combat un terrible monstre. Tu as aussi le récit de voyage, dont tu reviens légèrement différente de la personne que tu étais au départ ; la quête, à l'issue de laquelle tu trouves quelque chose ou quelqu'un de grande valeur. Et puis il y a l'histoire où tu passes de la misère à la richesse, et enfin celle de la renaissance, où le personnage principal se découvre une nouvelle raison de vivre.

Mais parfois, une histoire résulte du mélange des sept. C'est la huitième histoire.

Au cours de mon année de troisième à Trinity College, j'ai été prise dans un véritable embrouillamini où sont impliqués trois personnages : un garçon en surpoids et en colère, qui se hait parce *qu'il* se trouve nul ; un gamin qui raconte des mensonges parce qu'il a peur d'affronter la vérité ; un psy doté *d'un* chien aveugle et qui n'arrive à aider personne, pour la bonne raison qu'il est incapable de s'aider lui-même.

Et puis il y a moi, April-May February. Quatorze ans, bientôt quinze, fille d'un père surnommé Doudou et d'une mère prénommée Glorette, tous deux divorcés. Sans oublier ma meilleure amie, Melly – celle qui respire par la bouche – et Sebastian, un garçon canon, aux yeux vert pâle, qui m'a totalement décérébrée.

Notre histoire aurait pu se terminer comme l'un des sept modèles traditionnels. Ou bien avoir une autre fin, en accord avec la huitième histoire.

Au début, on ne sait jamais comment les choses vont tourner. Tout dépend de nos décisions et des différents chemins qu'on prend pour accomplir notre destinée.

Finalement, si tout s'est déroulé de cette façon, c'est à cause de Melly, de Bouffi et de moi.

MOTS CROISÉS

DÉFINITION N° 1 (en trois lettres, verticalement) :

Émission de gaz souvent nauséabond

1

Le Gros Pet

Tout est de la faute de Melly. Elle est responsable à cent pour cent. Si elle était restée avec moi, je n'aurais pas été obligée de me coltiner Bouffi, et rien de tout ça ne serait arrivé. Rien.

C'est le jour de ma rentrée en troisième à Trinity College. Je suis assise au fond de la classe, plongée dans une grille de mots croisés. Définition d'un mot en six lettres, horizontalement : *Manquant.* Je gribouille *ABSENT* dans la marge et je regarde le siège libre à côté de moi. *VACANT.*

Melly, ma meilleure amie, ne viendra pas au lycée de tout le trimestre. Elle doit se faire opérer des poumons à l'hôpital Groote Schuur, au Cap. Pour qu'elle puisse enfin respirer comme une personne normale. Elle est partie hier en me soufflant en pleine figure : « S'il te plaît, April-May, pas de bêtises pendant mon absence. Essaye de faire profil bas et de fermer ta bouche. » Je lui ai répondu que moi, je fermais toujours la bouche – c'est elle qui n'est pas capable de respirer par le nez.

Melly m'a offert un bracelet. Un lien en cuir avec cinq perles en céramique marquées : Q Q MF ? (Qu'est-ce Que Melly Ferait ?). Comme ça, chaque fois que je me trouverai dans une situation délicate, je n'aurai qu'à regarder mon poignet et prendre le temps de réfléchir au lieu de foncer tête baissée. Melly n'est absente que depuis un jour et elle me manque déjà horriblement. Je me sens vide. *CREUSE* (six lettres).

Autour de moi, tout le monde parle de ses vacances à Plett, à Umhlanga, au Cap ou à l'île Maurice. Des joies du ski en Autriche. Personne ne demande à la boursière – c'est moi – ce qu'elle a fait pendant les grandes vacances. Du coup, personne ne saura que j'ai aidé Doudou dans son agence de voyages. Doudou, c'est mon père. Il travaille chez Fosses et fils, une entreprise de pompes funèbres. C'est lui qui s'occupe de la gestion des stocks – ce qui entre et qui reste un certain moment sur place avant de partir pour le grand voyage.

La gestion des stocks, dans ce domaine, c'est assez délicat. Trop de marchandise en dépôt pose un problème de place. Trop peu de mouvement, et c'est la prime de rendement qui dégringole à la fin du mois. Et puis, il faut aussi prendre en compte la date limite de conservation. Doudou dit que ses clients, c'est comme du lait frais. Si on ne les surveille pas en permanence, ils ne tardent pas à tourner et à sentir bizarre.

Je mets de côté ma grille de mots croisés et je me lève à l'arrivée du professeur. Il se présente : M. Gainsborough. Et puis il crie : « Assis ! » Tous les élèves obéissent, et un chien aussi. C'est un golden retriever. Il s'installe aux pieds de M. Gainsborough. « Gentille fille ! » lui dit-il. Il nous informe qu'il sera notre professeur principal durant l'année, précise qu'il est aussi docteur en psychologie et qu'à ce titre, il occupera le poste de conseiller d'orientation et de psychologue au sein de l'école. Un psy. Un type qui soigne les fous.

M. Gainsborough désigne le chien en disant : « Voici Emily. »

En entendant son nom, Emily dresse les oreilles et remue la queue. Comme nous l'apprend son maître, Emily est aveugle de naissance. M. Gainsborough l'ignorait quand il l'a choisie, deux ans plus tôt, parmi une portée de sept chiots. Lorsqu'il s'est aperçu de sa déficience visuelle, Emily faisait déjà partie de la famille, il était trop tard pour la ramener à la SPA. M. Gainsborough lui tapote le dessus de la tête, sans doute pour la rassurer sur la nature indéfectible de leurs liens.

Ensuite, M. Gainsborough sort le registre et commence à faire l'appel. Je me lève quand il arrive à mon nom.

– Ah, alors c'est toi… dit-il, comme si un bon souvenir lui revenait en mémoire.

Je lui confirme que c'est bien moi, en effet, et il poursuit avec une lueur de gentillesse dans le regard :

– Fascinant. J'ai beaucoup entendu parler de toi.

Je bénéficie d'une étrange célébrité à Trinity College. Je suis la fille qui a failli se faire renvoyer, l'année dernière, pour avoir accroché sa cravate d'uniforme au sommet de la tour d'horloge. Et aussi celle dont les bouffonneries ont failli causer la mort de deux élèves, dont ma chère Melly. La seconde victime collatérale est Sebastian, un garçon aux yeux couleur jus de citron vert, qui a quitté le collège peu après l'incident et qui, dans la foulée, a emporté une tranche de mon muscle cardiaque.

Je me rassieds, et le prof continue l'appel.

– Ericca Ntona, énonce-t-il en levant les yeux. Pas de réponse.

Deuxième tentative.

– Ericca Ntona ?

Au moment où M. Gainsborough marque « absent » sur le registre, on entend frapper, et la secrétaire du collège passe la tête dans l'entrebâillement de la porte.

– Désolée de vous déranger, monsieur, dit-elle.

Elle amène un nouvel élève qui est arrivé en retard et s'est un peu perdu dans les couloirs. Elle se recule, et le nouveau entre dans la salle.

Quand je dis qu'il entre, c'est un euphémisme. Il progresse à pas lourds, traînant un corps énorme. Je n'ai jamais vu un garçon aussi gigantesque. Il doit faire environ trois mètres cinquante de haut sur trois mètres cinquante de large, son visage est aussi noir et massif qu'un cumulonimbus lors de nos fameux orages d'été à Jozi. Je n'arrive pas à décrocher les yeux de ce personnage surdimensionné.

Dans la classe, quelqu'un émet un sifflement moqueur, et Emily pousse un petit jappement. Des murmures semblables à des tirs de snipers commencent à fuser de tous les côtés : « gros plein de soupe », « gras du bide », « monstre gélatineux », « tas de graisse », « gros dégueu ». Impitoyables, les élèves balancent ces expressions comme des candidats cherchant la définition de *Insulte pour obèse* à un concours de mots croisés. Ils finissent par adopter *BOUFFI*. Voilà donc comment on appellera le nouveau. Décidé à l'unanimité.

– C'est Ericca Ntona, le nouvel élève boursier, glisse la secrétaire au prof. M. Gainsborough fronce les sourcils, puis relit le nom inscrit sur le cahier d'appel avant de lever les yeux vers Bouffi.

– Ericca ? Ce serait plutôt Eric, non ? dit-il tout en caressant la pointe de son bouc blanc et en examinant le mastodonte à travers ses petites lunettes rondes.

Devant le regard mauvais que lui lance Bouffi, M. Gainsborough déglutit avec difficulté.

– Non, c'est bien Ericca, affirme Bouffi. Je vois pas où est le problème. Les autres recommencent à ricaner.

– Bouffi, Bouffi, Bouffi, chuchotent-ils dans les rangs.

Je baisse la tête en sentant le rouge me monter aux joues. Les surnoms débiles, je connais. April-May

February, le Calendrier Ambulant. Mais par rapport à Ericca Ntona, je m'en tire plutôt bien.

M. Gainsborough balaie la classe des yeux à la recherche d'une place libre. Je serre les poings à m'en faire craquer les jointures et j'implore tous les dieux de l'univers. *Pas à côté de* moi, *par pitié, pas à côté de moi.*

M. Gainsborough pointe l'index vers le fond de la salle. Pile dans ma direction. Bouffi va être mon voisin de table pendant tout le trimestre. *Au secours, Melly, reviens !* J'ai beau hurler intérieurement, je vais être obligée de supporter cet énorme type affligé d'une face de pitbull et d'un prénom de fille.

Bouffi avance jusqu'au fond de la classe comme un rouleau-compresseur, puis il jette son sac par terre. Ensuite il se laisse tomber sur le siège à côté de moi. Au moment où il s'installe, ses genoux font décoller le bureau de quarante centimètres. J'essaie de me faire toute petite pendant qu'il pose sur la table les deux gros gigots qui lui servent d'avant-bras.

Pour ce premier cours, M. Gainsborough nous demande de rédiger un court texte sur le thème : « Ma famille et moi ». Il dit qu'il a envie de savoir qui on est. De mieux nous connaître, en quelque sorte. Tout en parlant, il gratte les oreilles d'Emily.

Je me souviens comme c'était bizarre pour moi, au début de l'année dernière. J'étais entrée à Trinity College grâce à la bourse qu'on m'avait attribuée. Je ne connaissais personne, je n'avais pas d'amis. Je me souviens aussi que Melly m'avait soufflé son haleine à la figure pendant les cinq premières minutes, tout excitée à l'idée d'avoir enfin trouvé en moi son âme sœur.

J'inspire à fond, je sors mon bloc de copies et en propose une à Bouffi. Il tend la main – une main toute petite par rapport à son corps, avec des doigts fins et des ongles blancs aussi blancs que du dentifrice. Je me présente à voix basse :

– Moi, c'est April-May February.

Bouffi me fusille du regard. Il croit que j'ai inventé ce nom ridicule pour me moquer de lui. Du coup, il retire sa main et détourne la tête. J'essaie de lui expliquer mais je m'y prends mal. C'est dur de confier à un inconnu que tes parents se disputent depuis le jour de ta naissance. Qu'ils avaient chacun leur mois préféré et qu'ils n'ont jamais pu se mettre d'accord sur celui qu'ils allaient te donner comme prénom. Je renonce à mes explications et commence ma rédaction.

Bouffi sort de sa poche un inhalateur pour l'asthme et tire dessus comme un malade. Ensuite, il tire de son sac un paquet de copies. Et une lunchbox remplie de sandwiches en forme de briques, fourrés avec le ragoût de la veille. Il se met à les bouloter tout en écrivant.

De mon côté, je continue à écrire tout en essayant d'ignorer la respiration profonde et la bruyante mastication de mon voisin. Je raconte tout sur ma famille à M. Gainsborough. Il y a d'abord Doudou, gestionnaire de stocks dans une agence de voyages, et Julia Ho, son amie, sa chérie, qui est aussi la principale adjointe de Trinity College. Vient ensuite Juste-Sam Ho, huit ans, fils de Julia. La plupart du temps il me rend dingue, mais il est quand même assez sympa. Enfin, cerise sur le gâteau, il y a Melly, ma meilleure amie, qui est comme une sœur pour moi et qui a des problèmes au rayon respiratoire. Voilà ma famille. Je m'arrête là.

Après avoir un peu gribouillé sur ma table, j'ajoute un dernier paragraphe : « Ma mère biologique s'appelle Glorette. Elle ment comme elle respire et va bientôt avoir un bébé avec son nouveau mari, Sarel-la-Sangsue. » Bon. Ça suffit.

Une fois englouti le contenu de sa lunchbox, Bouffi lâche un gros rot. Une odeur de ragoût d'agneau aux oignons dérive jusqu'à moi... Puis mon voisin se penche légèrement de côté et soulève une de ses énormes fesses.

Je connais ce geste. Un rot, passe encore. Mais je refuse de m'exposer aux émanations explosives provenant des sombres méandres intestinaux de Bouffi.

Je me lève d'un bond et m'écrie, avec une capacité pulmonaire dont rêverait Melly :

– T'as pas intérêt à lâcher une caisse, espèce de gros porc !

À peine ces paroles ont-elles franchi la barrière de mes lèvres que j'ai envie d'avaler ma langue pour la faire macérer dans un jus de vergogne.

M. Gainsborough lève la tête, et Emily se met à aboyer.

– Ça suffit ! Assieds-toi ! m'ordonne le prof d'une voix tremblante d'indignation.

J'obéis, prenant soin de rester à bonne distance de Bouffi qui s'est replié sur lui-même et tire sur son inhalateur comme si sa vie en dépendait.

Toute la classe hurle de rire et se retourne vers nous tandis que M. Gainsborough quitte son bureau.

– Pas bouger, dit-il à Emily.

Il s'approche de moi à grands pas.

– Je ne tolérerai pas ce genre d'insulte dans ma classe ! gronde-t-il avec un regard qui n'a plus rien de gentil. Il est hors de question qu'un élève déstabilise l'intégrité émotionnelle d'un autre. Compris ?

Je hoche la tête. Trois fois de suite. Histoire de confirmer :

– que j'ai bien compris

– et que je regrette

– ce que j'ai dit.

M. Gainsborough s'empare ensuite de la lunchbox posée sur la table et m'examine en fronçant les sourcils. *À* tous les coups, il me prend pour une incorrigible goinfre.

– Il est interdit de manger en classe, gronde-t-il.

Je reste muette et j'attends que Bouffi se dénonce. Mais Bouffi respire de manière aussi saccadée que les battements de mon cœur… et me laisse trinquer à sa place.

– Pour la peine, poursuit M. Gainsborough, tu auras deux heures de retenue. Cet après-midi. Dans ma salle. Juste après la fin des cours. Compris ?

Je hoche la tête. Quatre fois de suite. Histoire de confirmer :

– que j'ai bien compris que j'ai récolté une colle à cause de Bouffi

– dès le premier jour

– et que j'ai la rage

– que Bouffi n'ait pas craché le morceau.

– Tu as terminé ton essai ? me demande M. Gainsborough.

Je lui tends ma copie.

– Et toi ? demande-t-il à Bouffi.

Au moment où Bouffi détache la feuille de son bloc pour la remettre au prof, j'ai le temps de lire la première ligne : « Je n'ai pas de mère... »

M. Gainsborough retourne à son bureau, et je regarde mon bracelet. Qu'est-ce Que Melly Ferait ? *À* tous les coups, elle mettrait cette affaire sur le compte d'un simple malentendu. Et ce gros orphelin triste, vorace et silencieux deviendrait son meilleur ami (enfin, son deuxième meilleur ami après moi). Tout en lui soufflant en pleine figure, elle lui dirait : « Je sens qu'on va devenir les meilleurs amis du monde malgré tes tendances antisociales. » Voilà ce que ferait ma Melly.

Et elle aurait raison, je le sais. Ce serait la bonne solution.

Mais je détourne les yeux de mon bracelet et je glisse à Bouffi :

– Tu m'as fichue dans le pétrin, sale dégonflé. Alors à partir de maintenant, garde tes distances, OK ?

Bouffi ne répond rien, mais je devine aux petits poignards dessinés sur la prunelle de ses yeux qu'il a capté le message.

Cet ouvrage a été mis en pages
par DV Arts Graphiques à La Rochelle

Imprimé par Black print CPI (Barcelona)
en octobre 2015

Imprimé en Espagne